Georges Simenon
Maigret
und der
Spion

RICHARZ GESCHENKBIBLIOTHEK
Bücher in großer Schrift

Gaby C.

Georges Simenon

Maigret und der Spion

Roman

Deutsch von Hainer Kober

Richarz Geschenkbibliothek
Verlag CW Niemeyer

CIP-Titelaufnahme der Deutschen Bibliothek

Simenon, Georges:
Maigret und der Spion : Roman / Georges Simenon. [Dt. von Hainer Kober]. – 1. Aufl. – Hameln : Niemeyer, 1991
(Richarz-Geschenkbibliothek, Bücher in großer Schrift)
ISBN 3-87585-751-8

Deutsch von Hainer Kober

Umschlag: Christiane Rauert, Dortmund
1. Auflage 1991
Gesamtherstellung: Ueberreuter Buchproduktion, Korneuburg
Printed in Austria
ISBN 3-87585-751-8

Inhalt

I

Adèle und ihre Freunde

»Wer ist das?«

»Weiß ich nicht! Er ist das erste Mal da«, sagte Adèle und stieß den Rauch ihrer Zigarette aus.

Träge nahm sie die übereinandergeschlagenen Beine auseinander, strich sich das Haar an den Schläfen zurecht und blickte in einen der Spiegel an der Wand des Saales, um sich davon zu überzeugen, daß ihr Make-up noch einwandfrei war.

Sie saß auf einer granatroten Samtbank an einem Tisch mit drei Gläsern Portwein. Ein junger Bursche saß zu ihrer Linken, ein anderer zu ihrer Rechten.

»Ihr erlaubt, ihr Süßen?«

Sie schenkte ihnen ein nettes, vertrauliches Lächeln, stand auf, ging mit wiegenden Hüften quer durch den Raum und trat an den Tisch des Neuankömmlings.

Die vier Musiker, die aufspielten, ergänzten auf ein Zeichen des Patrons hin den Klang ihrer Instrumente noch um den ihrer Stimmen. Ein einziges Paar tanzte: ein Mädchen, das zum Lokal gehörte, und der Eintänzer.

Und wie fast jeden Abend wirkte der Saal leer. Er war zu groß. Die Spiegel an den Wänden verlängerten noch die Perspektive, die nichts unterbrach als die roten Bänke und der fahle Marmor der Tische.

Die beiden Burschen, zwischen denen Adèle gesessen hatte, rückten zusammen.

»Sie ist reizend«, seufzte Jean Chabot, der jüngere der beiden, der mit blasiertem Gehabe seinen Blick aus halbgeschlossenen Augen im Saal umherwandern ließ.

»Und was für ein Temperament!« fügte sein Freund Delfosse hinzu, auf einen Rohrstock mit goldenem Knauf gestützt.

Chabot mochte sechzehneinhalb Jahre alt sein, Delfosse, magerer, kränklich wirkend, mit unregelmäßigen Gesichtszügen, nicht älter als achtzehn. Doch sie hätten beide entrüstet protestiert, hätte jemand behauptet, sie hätten noch irgendwelche Freuden des Lebens vor sich.

»He, Victor!«

Chabots vertrauliche Anrede galt dem Kellner, der vorbeikam.

»Kennst du den Typ, der gerade gekommen ist?«

»Nein, aber er hat Champagner bestellt.«

Und Victor fügte mit einem Augenzwinkern hinzu:

»Adèle kümmert sich um ihn!«

Er entfernte sich mit seinem Tablett. Einen Augenblick pausierte die Musik, um dann mit einem Boston fortzufahren. Am Tisch jenes spendablen Gastes öffnete der Patron persönlich die Champagnerflasche, deren Hals er mit einer Serviette umwickelte.

»Glaubst du, sie schließen spät?« fragte Chabot leise.

»Um zwei, halb drei, wie immer!«

»Trinken wir noch was?«

Sie waren nervös. Vor allem der Jüngere, der einen nach dem anderen mit starrem Blick musterte.

»Wieviel mag es sein?«

Doch Delfosse zuckte die Achseln und herrschte ihn an:

»Halt doch den Mund!«

Sie sahen Adèle fast genau ihnen gegenüber am Tisch des unbekannten Gastes sitzen, der Champagner bestellt hatte. Er war ungefähr vierzig, mit schwarzem Haar und mattem Teint, ein Rumäne, ein Türke oder dergleichen. Er trug ein rosa Seidenhemd. Seine Krawatte zierte ein großer Brillant. Er achtete kaum auf die Tänzerin, die, auf seine Schulter gestützt, lachend auf ihn einredete. Als sie ihn um eine Zigarette bat, hielt er ihr ein goldenes Etui hin und sah weiter vor sich hin.

Delfosse und Chabot sprachen nicht mehr. Sie taten, als betrachteten sie den Fremden mit Geringschätzung. In Wirklichkeit aber imponierte er ihnen gewaltig! Keine Einzelheit entging ihnen. Sie merkten sich die Art, wie die Krawatte gebunden war, den Schnitt des Anzugs bis hin zu den Gesten des Champagnertrinkers.

Chabot trug einen Konfektionsanzug und Schuhe, die schon zweimal neu besohlt worden waren. Die Kleidung seines Freundes, wiewohl aus besserem Stoff, saß schlecht. Delfosse hatte nun einmal schmale Schultern, eine Trichterbrust und die ungelenke Figur eines Jugendlichen, der zu schnell gewachsen ist.

»Noch einer?«

Der Samtvorhang am Eingang wurde zur Seite geschoben. Ein Mann reichte dem Pikkolo seine Melone, blieb einen Augenblick stehen, um sich im Saal umzusehen. Er war groß, schwerfällig und dick. Sein Gesicht war gelassen, und er achtete überhaupt nicht auf den Kellner, der ihm einen Tisch empfehlen wollte. Er setzte sich wahllos irgendwohin.

»Kann ich ein Bier haben?«

»Wir haben nur englisches. Stout, Pale Ale, Scotch Ale?«

Und der Gast hob die Achseln, um auszudrücken, daß ihm das völlig gleichgültig war.

Es war nicht mehr Betrieb als vorher, nicht mehr als jeden Abend. Ein Paar auf der Tanzfläche. Die Tanzmusik, die schließlich kaum mehr war als Hintergrundsgeräusch. An der Bar ein geschniegelter Gast, der mit dem Patron pokerte. Dazu Adèle und ihr Gefährte, der sich noch immer nicht um sie kümmerte.

Ganz die Atmosphäre des Kleinstadt-Nachtlokals. Irgendwann hoben drei Angeheiterte den Türvorhang an. Der Patron eilte herbei. Die Musiker holten das Letzte aus ihren Instrumenten heraus. Doch sie verzogen sich, und man hörte sie unter Gelächter davongehen.

Je später es wurde, desto ernster wurden Chabot und Delfosse. Die Müdigkeit schien Furchen in ihre Gesichter zu graben, ihrer Haut eine häßliche graue Tönung zu verleihen und die Schatten unter ihren Augen zu vertiefen.

»Meinst du, wir sollten es tun?« fragte Chabot leise, daß sein Begleiter die Worte mehr erriet als hörte.

Keine Antwort, bloß ein Trommeln der Finger auf der Marmorplatte des Tisches.

An die Schulter des Fremden gelehnt, zwinkerte Adèle ihren zwei jungen Freunden zu, ohne den zärtlich-heiteren Ausdruck zu verlieren, den sie aufgesetzt hatte.

»Victor!«

»Sie gehen schon? Ein Rendezvous?«

Wie Adèle verliebt tat, so tat er verschwörerisch, aufgeregt.

»Wir bezahlen das morgen mit dem Rest, Victor! Wir haben kein Kleingeld dabei.«

»Selbstverständlich, die Herren! Guten Abend! Gehen sie dort hinaus?«

Die beiden jungen Männer waren nicht betrunken. Trotzdem gingen sie wie unter der Wirkung eines Alptraums davon, ohne um sich etwas wahrzunehmen.

Das ›Gai-Moulin‹ hatte zwei Eingänge. Der Haupteingang ging auf die Rue du Pot-d'Or hinaus. Durch diese Tür kamen und gingen die Gäste. Doch nach zwei Uhr morgens, nach der Polizeistunde, wenn das Lokal schon hätte geschlossen sein sollen, benützte man eine schmale Hintertüre, die auf eine schlecht erleuchtete, verlassene Seitengasse hinausführte.

Chabot und Delfosse gingen durch den Saal, am Tisch des Fremden vorbei, erwiderten den Abschiedsgruß des Patrons, schoben sich durch die Tür zu den Toiletten. Dort hielten sie einen Augenblick inne, ohne sich anzusehen.

»Ich habe Angst«, stammelte Chabot.

Er sah sich in einem ovalen Spiegel. Gedämpft drang die Tanzmusik noch an ihr Ohr.

»Schnell!« zischte Delfosse, eine Tür öffnend, hinter der sich ein finsterer Abgang auftat, wo feuchte Kühle herrschte.

Es ging zum Keller hinab. Die Stufen waren aus Ziegelstein. Von unten schlug ihnen ein widerlicher Bier- und Weingeruch entgegen.

»Wenn jemand käme!«

Chabot wäre beinahe gestolpert, weil die Tür zuging und plötzlich alles dunkel war... Seine Hände tasteten über die salpeterverkrustete Mauer. Jemand stieß an ihn an, und er erschrak, doch es war nur sein Freund.

»Rühr dich nicht!« befahl dieser.

Hören konnten sie die Musik eigentlich nicht mehr. Sie konnten sie bloß noch erahnen. Vor allem spürte man das Dröhnen der Pauke. Der Rhythmus lag in der Luft und beschwor den Saal herauf mit den granatroten Polsterbänken, den klirrenden Gläsern, der Frau im rosa Kleid, die mit ihrem Partner im Smoking tanzte.

Es war kalt. Chabot spürte, wie die Feuchtigkeit ihm durch die Kleider drang, und er mußte ein Niesen unterdrücken. Er fuhr sich mit der Hand über den klammen Nacken. Er hörte Delfosse atmen. Mit jedem Atemstoß kam Tabakmief herüber. Jemand ging auf die Toilette. Wasser rauschte. Ein Geldstück fiel in eine Untertasse.

Sonst gab es bloß noch das Ticken einer Uhr in Delfosses Tasche.

»Meinst du, wir bekommen sie auf?«

Der andere kniff ihn in den Arm, um ihn zum Schweigen zu bringen. Seine Finger waren eiskalt.

Oben fing der Patron wahrscheinlich an, ungeduldig nach der Uhr zu sehen. Wenn das Lokal voll und etwas los war, kümmerte er sich nicht sonderlich um die Polizeistunde. Aber bei leerem Saal erwachte in ihm plötzlich der Respekt für die obrigkeitlichen Vorschriften.

»Meine Herren, wir schließen. Es ist zwei Uhr!«

Die zwei Burschen da unten hörten nichts. Doch sie konnten erraten, was Minute für Minute vor sich ging. Victor kassierte ab und rechnete dann an der Bar mit dem Patron ab, während die Musiker ihre Instrumente zusammenpackten und der Pauke eine grüne Tuchhülle überzogen.

Der andere Kellner, Joseph, stellte Stühle auf die Tische und sammelte die Aschenbecher ein.

»Schluß, meine Herren! Mach schon, Adèle! Trödel nicht so!«

Der Patron war ein untersetzter Italiener, der schon in den Bars und Hotels von Cannes, Nizza, Biarritz und Paris gearbeitet hatte.

Schritte in der Toilette. Es war der Patron, der kam, um persönlich die kleine Hintertüre zur Seitengasse zu verriegeln. Er drehte den Schlüssel, ließ ihn aber im Schloß stecken.

Würde er nicht automatisch auch den Keller abschließen oder zumindest rasch einen Blick hinunterwerfen? Seine Schritte halten kurz inne. Wahrscheinlich zieht er vor dem Spiegel kurz seinen Scheitel nach. Er hustet. Dann quietscht die Tür zum Saal.

In fünf Minuten würde Schluß sein, der Italiener als letzter das Lokal verlassen und von der Straße aus den Haupteingang abgeschlossen haben.

Aber nie nimmt er den ganzen Kasseninhalt mit. Er steckt bloß die Tausendfranc-Scheine in seine Brieftasche. Der Rest bleibt in einer Schublade der Bar zurück, einer Schublade, deren Schloß so schwach ist, daß es sich mit jedem guten Taschenmesser aufbrechen läßt.

Und alle Lampen sind gelöscht.

»Komm!« murmelt Delfosse.

»Noch nicht. Warte!«

Sie sind nun allein im Gebäude, flüstern aber noch immer. Sehen können sie sich nicht. Doch jeder von ihnen spürt, daß er kreidebleich ist, mit abgespannten Zügen und trockenen Lippen.

»Wenn noch jemand da wäre?«

»Hab ich Angst gehabt, als es um den Geldschrank meines Vaters ging?«

Delfosse klingt gehässig, fast bedrohlich.

Es ist wie ein Schwindelanfall. Chabot fühlt sich übler, als wenn er zuviel getrunken hat. Jetzt, nachdem er sich im Keller versteckt hat, traut er sich nicht mehr, ihn zu verlassen. Er hätte sich auf die Treppe setzen und in Tränen ausbrechen mögen.

»Also los!«

»Warte! Er könnte zurückkommen.«

Fünf Minuten verstreichen. Dann nochmals fünf Minuten, weil Chabot mit allen Mitteln versucht, Zeit zu gewinnen. Sein Schuhnestel ist aufgegangen. Er bindet ihn neu, ohne etwas zu sehen, weil er fürchtet, zu stolpern und Lärm zu machen.

»Ich hab dich für weniger feig gehalten... Los! Du zuerst...«

Denn Delfosse will nicht als erster hinaus. Mit zitternden Händen schiebt er seinen Kumpan vor sich her. Die Kellertür ist offen. In der Toilette läuft ein Wasserhahn. Es riecht nach Seife und Desinfektionsmitteln.

Chabot weiß, daß die andere Tür, jene zum Saal, quietschen wird. Er ist darauf gefaßt. Trotzdem läuft es ihm kalt über den Rücken.

In der Dunkelheit wirkt der Saal riesig wie eine Kathedrale. Sie spüren eine gewaltige Leere. Die Heizkörper strahlen noch etwas Wärme ab.

»Licht!« haucht Chabot.

Delfosse streicht ein Zündholz an. Sie halten einen Augenblick inne, um Atem zu schöpfen, um die Strekke bis zur Bar übersehen zu können. Doch plötzlich fällt das Streichholz zu Boden, indessen Delfosse einen gellenden Schrei ausstößt und zur Toilettentür stürzt. Im Dunkeln findet er sie nicht. Er kehrt um, prallt auf Chabot.

»Schnell! Raus!«

Es ist mehr ein heiseres Krächzen.

Auch Chabot hat etwas gesehen, allerdings nur undeutlich. Etwas wie einen menschlichen Körper, am Boden, vor der Bar... tiefschwarzes Haar...

Sie wagen nicht mehr, sich zu rühren. Die Streichholzschachtel ist irgendwohin gefallen, aber nicht zu sehen.

»Deine Streichhölzer!«

»Ich hab keine mehr ...«

Der eine von ihnen stößt an einen Stuhl. Der andere fragt:

»Bist du das?«

»Hierher ... Ich hab die Tür gefunden ...«

Der Wasserhahn läuft noch immer. Schon das wirkt beruhigend. Die Erlösung rückt näher.

»Wollen wir Licht machen?«

»Bist du verrückt?«

Tastende Hände suchen den Riegel.

»Er geht schwer ...«

Schritte auf der Straße. Sie rühren sich nicht, warten, hören Gesprächsfetzen:

»... und ich behaupte, wenn England nicht ...«

Die Stimmen entfernen sich. Vielleicht sind es Polizisten, die sich auf ihrer Runde über Politik unterhalten.

»Machst du jetzt endlich auf?«

Aber Delfosse ist keiner Bewegung mehr fähig. Er lehnt an der Tür und hält mit beiden Händen seine keuchende Brust.

»Sein Mund stand weit offen ...«, stammelt er.

Der Riegel gibt nach. Frische Luft. Der Widerschein einer Straßenlaterne auf dem Pflaster der Seitengasse. Beide möchten nur noch davonrennen. Sie denken nicht einmal mehr daran, die Tür wieder zuzumachen.

Aber dort, an der Ecke, liegt die Rue du Pont-d'Avroy, noch recht belebt. Sie sehen sich nicht an. Chabot hat das Gefühl, sein Körper sei leer und er vollführe hilflose Bewegungen in einem Meer von Watte. Sogar die Geräusche kommen wie von weither.

»Meinst du, er ist tot?... Ist es der Türke?«

»Ja, der!... Ich hab ihn erkannt... Sein Mund stand offen... Und ein Auge...«

»Was willst du sagen?«

»Ein Auge war offen, das andere zu.«

Und in jähem Zorn:

»Ich brauch etwas zu trinken!«

Sie sind in der Rue du Pont-d'Avroy. Alle Lokale sind geschlossen. Nur eine Bratküche hat noch auf, wo es Bier gibt, Miesmuscheln und Rollmops und Pommes frites.

»Wollen wir da rein?«

Der Koch, ganz in Weiß, schürt die Kohle. Eine Frau, die in einer Ecke beim Essen sitzt, lächelt den Freunden einladend zu.

»Bier!... Pommes frites... und Muscheln!«

Und siehe da, nach der ersten Portion bestellen sie nach. Sie essen ingrimmig. Draußen herrscht Dunkelheit, nur hin und wieder hastet jemand vorbei.

»Wieviel macht das, Garçon?«

Ein neuer Schreck. Würden Sie zusammen wohl noch genug haben, um ihr Essen zu bezahlen?

»... sieben und zwei fünfzig und drei sechzig und... Achtzehn fünfundsiebzig!«

Es reicht gerade noch zu einem Franc Trinkgeld.

Die Straßen. Die geschlossenen Rolläden der Geschäfte. Die Gaslaternen und in der Ferne die Schritte einer Polizeistreife.

Die zwei Burschen überqueren die Maas.

Delfosse schweigt, blickt starr vor sich hin, in Gedanken so weit weg von der momentanen Realität, daß ihm nicht bewußt wird, was sein Freund zu ihm sagt.

Und Chabot, um nicht allein zu bleiben, um dieses tröstliche Nebeneinander möglichst lange zu erhalten, trottet mit bis zum Eingang eines stattlichen Hauses in der schönsten Straße des Viertels.

»Komm noch ein Stück mit!« bettelt er dann.

»Nein ... mir ist schlecht ...«

Das trifft auf beide zu; ihnen ist schlecht. Chabot hat bloß einen flüchtigen Blick auf die Leiche erhascht, aber seine Phantasie arbeitet rege.

»War es wirklich der Türke?«

Sie nennen ihn den Türken, weil sie's nicht besser wissen. Delfosse antwortet nicht. Lautlos hat er seinen Schlüssel ins Schloß gesteckt. Im Halbdunkel wird ein breiter Flur mit einem Messingschirmständer sichtbar.

»Bis morgen ...«

»Im ›Pélican‹?«

Doch die Tür bewegt sich bereits, wird gleich zufallen. Wieder setzt das Schwindelgefühl ein. Wäre er bloß schon zu Hause, im Bett! Vielleicht war die ganze Geschichte damit ausgestanden?

Chabot ist nun völlig allein in dem verlassenen Viertel, hastet dahin, rennt, zögert an den Ecken der Straßen und stürzt dann wie ein Wahnsinniger weiter. An der Place du Congrès weicht er den Bäumen aus. Er verlangsamt seine Schritte, weil er in der Ferne einen Passanten wahrnimmt. Doch der Unbekannte schlägt eine andere Richtung ein.

Die Rue de la Loi. Einstöckige Häuser. Eine Türschwelle. Jean Chabot sucht seinen Schlüssel, öffnet, dreht den Lichtschalter und geht durch die Glastür zur Küche, wo das Feuer noch nicht ganz erloschen ist.

Er muß nochmals zurückgehen, weil er vergessen hat, die Haustür zu schließen. Es ist warm. Auf dem weißen Wachstuch des Küchentisches liegt ein Zettel mit ein paar in Bleistift geschriebenen Worten:

In der Anrichte ist ein Kotelett für Dich und im Schrank ein Stück Kuchen. Gute Nacht.

Vater

Jean betrachtet das alles mit stumpfem Blick, öffnet die Anrichte, sieht das Kotelett, bei dessen bloßem Anblick sich ihm schon der Magen umdreht. Auf dem Möbel steht ein kleiner Blumentopf mit einer Pflanze, die aussieht wie Vogelmiere.

Also ist Tante Maria dagewesen! Immer wenn sie kommt, bringt sie irgendein Gewächs mit. Ihr Haus am Quai Saint-Léonard ist voll davon. Und obendrein gibt sie jedesmal eingehende Ratschläge für die Pflege.

Jean hat das Licht ausgemacht. Er steigt die Treppe hinauf, nachdem er die Schuhe ausgezogen hat. Er geht im ersten Stock an den Zimmern der Untermieter vorbei.

Im Dachstock liegen die Mansarden. Das Dach läßt kühle Luft herein.

Als er oben am Treppenabsatz anlangt, knarrt eine Matratze. Jemand ist wach, sein Vater oder seine Mutter. Er öffnet die Tür zu seinem Zimmer.

Doch eine gedämpfte Stimme erreicht ihn:

»Bist du's, Jean?«

Nichts zu machen! Er muß hinein und seinen Eltern gute Nacht sagen. Er tritt in ihr Zimmer. Die Luft ist stickig. Sie haben seit Stunden geschlafen.

»Es ist spät, nicht?«

»Nicht besonders.«

»Du solltest ...«

Nein! Sein Vater bringt den Mut nicht auf, ihn zu schimpfen. Oder er ahnt, daß es zu nichts führt.

»Gute Nacht, mein Sohn ...«

Jean beugt sich hinab, küßt eine feuchte Stirn.

»Du bist ganz verfroren ... Du ...«

»Es ist kalt draußen.«

»Hast du das Kotelett gefunden? Den Kuchen hat Tante Maria mitgebracht.«

»Ich hatte schon gegessen, mit Freunden.«

Seine Mutter dreht sich im Schlaf auf die andere Seite und zerdrückt dabei ihren Haarknoten auf dem Kopfkissen.

»Gute Nacht!«

Er kann nicht mehr. In seinem Zimmer macht er nicht einmal Licht. Achtlos läßt er die Jacke fallen, legt sich aufs Bett und vergräbt den Kopf im Kissen.

Er weint nicht. Das ist ihm nicht gegeben. Dafür ringt er schwer nach Luft. Er zittert an allen Gliedern, er hat Schüttelfrost, als wäre eine schwere Krankheit im Anzug.

Wenn nur die Bettfedern nicht ächzen. Wenn er nur den Schluckauf unterdrücken kann, den er in der Kehle aufsteigen fühlt. Denn er ahnt, daß sein Vater, der kaum je schläft, im Nebenzimmer liegt und lauscht.

Ein Bild wächst vor seinem geistigen Auge auf, ein Wort widerhallt, schwillt an, nimmt so ungeheuerliche Proportionen an, daß ihn das Ganze zu zermalmen droht: der Türke! ...

Es drängt, es drückt, es würgt, es bedrängt ihn von allen Seiten, bis die Sonne durchs schräge Dachfenster fällt und Jeans Vater am Fußende des Bettes versucht, nicht allzu streng zu wirken, indes er murmelt:

»Das solltest du nicht tun, mein Sohn! ... Du hast wieder getrunken, nicht wahr? Nicht einmal ausgezogen hast du dich! ...«

Aus dem Erdgeschoß steigt der Duft von Kaffee und Eiern mit Speck herauf. Lastkraftwagen fahren auf der Straße vorbei. Türen schlagen. Ein Hahn kräht.

2

Die kleine Kasse

Jean Chabot stieß den Teller zurück, stützte die Ellbogen auf und starrte hinaus auf den kleinen Hof, den man durch die Tüllvorhänge sah und dessen weiße Tünche in der Sonne schimmerte.

Sein Vater beobachtete ihn verstohlen, während er aß, und versuchte zugleich, etwas wie eine Unterhaltung in Gang zu bringen.

»Weißt du, ob das große Gebäude in der Rue Féronstrée tatsächlich verkauft werden muß? Ich wurde gestern im Büro danach gefragt. Vielleicht könntest du dich einmal erkundigen ...«

Doch Madame Chabot, die ihren Sohn ebenfalls nicht aus den Augen ließ, während sie das Gemüse für die Suppe putzte, fiel ihm ins Wort:

»Du ißt ja gar nichts!«

»Ich hab keinen Hunger, Mutter.«

»Weil du heute nacht wieder betrunken warst, wahrscheinlich! Stimmt's?«

»Nein.«

»Glaubst du, man sieht's dir nicht an? Deine Augen sind ganz rot!

Und dein Gesicht ist weiß wie die Wand! Dabei gibt man sich alle Mühe, dich aufzupäppeln! Komm, iß wenigstens die Eier ...«

Für kein Geld der Welt hätte Jean das vermocht. Die Kehle war ihm wie zugeschnürt. Und die behäbige Atmosphäre des Hauses, der Duft von gebratenem Speck und Kaffee, die weiße Wand, die Suppe, die zu kochen anfing, all das verursachte ihm eine Art Übelkeit.

Es drängte ihn, hinauszukommen, vor allem, Bescheid zu wissen. Beim leisesten Geräusch auf der Straße fuhr er zusammen.

»Ich muß fort.«

»Es ist noch nicht Zeit. Du warst gestern abend mit Delfosse zusammen, nicht wahr?... Der soll mir nochmals herkommen, um dich abzuholen!... So ein Nichtstuer, der die Zeit verbummelt, weil seine Eltern reich sind! Ein verdorbener Bursche!... Der muß nicht in der Frühe aus den Federn, um ins Büro zu gehen.«

Monsieur Chabot sagte nichts und hielt beim Essen den Blick auf den Teller gesenkt, um nicht Partei ergreifen zu müssen. Einer der Untermieter vom ersten Stock kam herunter, ein polnischer Student, der gleich auf die Straße trat und Richtung Universität davonging. Man hörte einen anderen sich gerade über der Küche anziehen.

»Du wirst sehen, Jean, das nimmt kein gutes Ende! Frag deinen Vater, ob er sich in deinem Alter so die Nächte um die Ohren geschlagen hat.«

Jean Chabot hatte tatsächlich rotgeäderte Augen und abgespannte Züge. Auf seiner Stirn prangte ein roter Pickel.

»Ich gehe jetzt!« wiederholte er und sah auf die Uhr.

In diesem Augenblick klopfte jemand an den Briefkasten, der in die Haustür eingelassen war. So meldeten sich die alten Bekannten; die Klingel war für die Fremden da. Jean ging eiligst öffnen und sah sich Delfosse gegenüber, der fragte:

»Kommst du?«

»Ja, ich hol nur noch meinen Hut.«

»Kommen Sie herein, Delfosse!« rief Madame Chabot aus der Küche.

»Eben sagte ich zu Jean, daß das endlich ein Ende haben muß. Wenn das so weitergeht, ruiniert er sich seine Gesundheit. Wenn Sie sich die Nächte um die Ohren schlagen, ist das Sache Ihrer Eltern. Aber Jean ...«

Delfosse, aufgeschossen und mager, noch bleicher als Chabot, senkte den Kopf und zeigte ein verlegenes Lächeln.

»Jean muß seinen Lebensunterhalt verdienen! Wir haben kein Vermögen. Sie sind intelligent genug, um das zu begreifen, und ich bitte Sie, ihn in Ruhe zu lassen.«

»Kommst du? ...« flüsterte Jean, der wie auf glühenden Kohlen saß.

»Ich schwöre Ihnen, Madame, daß wir ...«, stammelte Delfosse.

»Um wieviel Uhr seid ihr heute nacht nach Hause gekommen?«

»Ich weiß nicht ... Ein Uhr vielleicht.«

»Jean hat schon zugegeben, daß es nach zwei Uhr morgens war!«

»Ich muß jetzt ins Büro, Mutter ...«

Er hatte den Hut schon auf dem Kopf und stieß Delfosse in den Flur. Auch Monsieur Chabot erhob sich und zog seinen Mantel an.

Draußen waren, wie auf allen Straßen Lüttichs um diese Zeit, die Hausfrauen damit beschäftigt, die Gehsteige unter Wasser zu setzen und zu schrubben; Gemüse- und Kohlekarren hielten vor den Türen, und die weithin hörbaren Rufe der Händler antworteten einander von einem Ende des Viertels zum anderen.

»Und?«

Die beiden Burschen waren um die nächste Ecke. Sie brauchten ihre Unruhe nicht mehr zu verbergen.

»Nichts! In der Morgenzeitung steht noch nichts! Vielleicht hat man den ... die ... noch nicht ...«

Delfosse trug eine Studentenmütze mit großem Schirm. Um diese Zeit befanden sich alle Studenten auf dem Weg zur Universität. Auf der Maasbrücke bildeten sie fast einen geschlossenen Zug.

»Meine Mutter ist außer sich ... Vor allem auf dich ist sie böse!«

Sie gingen über den Markt, schlängelten sich zwischen den Gemüse- und Obstkörben hindurch und zertraten unter ihren Füßen Kohl- und Salatblätter. Jean blickte starr vor sich hin.

»Hör mal ... Was ist mit dem Geld? Wir haben den fünfzehnten ...«

Sie wechselten zum anderen Gehsteig hinüber, weil sie an einem Tabakgeschäft vorbeikamen, in dem sie an die fünfzig Franc Schulden hatten.

»Ich weiß, ich weiß. Heute früh habe ich in die

Brieftasche von meinem Vater geguckt: Da waren bloß große Scheine drin ...«

Und leiser fügte Delfosse hinzu:

»Mach dir keine Sorgen ... Gleich hernach gehe ich bei meinem Onkel in der Rue Léopold vorbei. Es kommt selten vor, daß ich nicht einen Augenblick allein im Geschäft bin ...«

Jean kannte das Geschäft, die größte Süßwarenhandlung in Lüttich. Er stellte sich vor, wie sein Freund die Hand in der Ladenkasse verschwinden ließ.

»Wann sehen wir uns?«

»Ich warte um zwölf auf dich.«

Sie langten bei der Kanzlei des Notars Lhoest an, wo Chabot arbeitete. Ohne sich anzusehen, gaben sie sich die Hand, und Jean hatte den unbehaglichen Eindruck, der Händedruck seines Freundes sei anders als sonst.

Allerdings waren sie nun eben Komplizen!

Jean hatte seinen Arbeitstisch im Vorzimmer. Als Dienstjüngster hatte er vor allem die Aufgabe, Briefmarken auf Umschläge zu kleben, die Post zu sortieren und Botengänge in der Stadt zu erledigen.

An diesem Morgen arbeitete er stumm und ohne jemand anzublicken, als wollte er möglichst nicht auffallen. Dabei achtete er besonders auf den Kanzleichef, einen Mann von etwa fünfzig Jahren, von dem er abhing.

Um elf war noch nichts geschehen, aber kurz vor Mittag trat der Kanzleichef zu ihm hin.

»Haben Sie die Abrechnung für die kleine Kasse, Chabot?«

Seit dem Morgen hatte Jean eine Antwort vorbereitet, die er nun hersagte, ohne aufzublicken.

»Entschuldigung, Monsieur Hosey, ich habe heute einen anderen Anzug angezogen und das Heft wie das Geld zu Hause vergessen. Ich gebe Ihnen alles heute nachmittag.«

Er war leichenblaß. Der Kanzleichef wunderte sich darüber.

»Sind Sie krank?«

»Nein ... Ich weiß nicht ... Ein bißchen schon, vielleicht ...«

Die kleine Kasse war ein Sonderetat der Kanzlei für Briefmarken, Einschreibegebühren und alle laufenden Ausgaben. Zweimal monatlich, am Fünfzehnten und Dreißigsten, händigte man Jean eine bestimmte Summe aus, und er trug die Zahlungen in ein kleines Heft ein.

Die Angestellten brachen auf. Draußen sah sich der junge Mann nach Delfosse um, entdeckte ihn nicht weit vom Schaufenster des Tabakgeschäftes, eine Zigarette mit Goldmundstück rauchend.

»Nun?«

»Hier ist alles bezahlt!«

Sie schritten aus. Sie hatten das Bedürfnis, in der Menschenmenge mitzutreiben.

»Komm mit ins ›Pélican‹. Ich war bei meinem Onkel, hatte aber nur wenige Sekunden lang Zeit. Also hab ich ganz rasch in die Kasse gegriffen und, ohne es zu wollen, zuviel erwischt ...«

»Wieviel?«

»Fast zweitausend ...«

Die Zahl erschreckte Chabot.

»Hier sind dreihundert Franc für die kleine Kasse. Den Rest teilen wir.«

»Auf keinen Fall.«

Beide waren gleichermaßen aufgeregt, mit dem Unterschied, daß Delfosses Hartnäckigkeit fast etwas Bedrohliches hatte.

»Aber klar! Wir machen doch immer halbe-halbe.«

»Ich brauch das Geld nicht.«

»Ich auch nicht.«

Unwillkürlich ging ihr Blick zu einem steinernen Balkon im ersten Stock eines der Häuser hinauf: da lag das möblierte Zimmer, das Adèle, die Tänzerin vom ›Gai-Moulin‹, bewohnte.

»Bist du nicht daran vorbeigekommen?«

»Ich bin durch die Rue du Pot-d'Or gegangen ... Die Türen standen offen, wie jeden Morgen ... Victor und Joseph waren beim Auskehren.«

Jean preßte die Finger so krampfhaft zusammen, daß sie knackten.

»Aber du hast dich doch nicht getäuscht, heute nacht, oder?«

»Ich bin sicher, es war der Türke!« stieß Delfosse hervor und erschauerte.

»Und es war keine Polizei auf der Straße?«

»Nichts! Alles war wie immer. Victor hat mich gesehen und mir einen Gruß zugerufen ...«

Sie betraten das ›Pélican‹, setzten sich an einen Tisch in Fensternähe, bestellten englisches Bier. Und sogleich fiel Jean ein Gast auf, der ihm beinahe gegenübersaß.

»Dreh dich nicht um ... Sieh in den Spiegel. Er war diese Nacht im ... Du weißt, was ich meine ...«

»Der Dicke ... Ja, ich erkenne ihn ...«

Es war der Gast, der als letzter ins ›Gai-Moulin‹ gekommen war, der derbe, breitschultrige Mann, der Bier getrunken hatte.

»Der scheint mir nicht aus Lüttich zu sein.«

»Er raucht französischen Tabak. Achtung! Er beobachtet uns.«

»Garçon!« rief Delfosse. »Wieviel macht das? Ich glaube, wir schulden Ihnen noch zweiundvierzig Franc, nicht wahr?«

Er hielt dem Kellner einen Hundertfranc-Schein hin, ließ noch einige weitere sehen.

»Da, ziehen Sie ab, was Sie bekommen.«

Sie fühlten sich nirgends wohl. Kaum saßen sie, brachen sie schon wieder auf. Unruhig sah Chabot sich um.

»Der Mann folgt uns. Jedenfalls ist er hinter uns.«

»Schweig! Du machst einem ja noch Angst. Warum sollte er uns folgen?«

»Man wird ihn schließlich gefunden haben ... den Türken. Oder er war nicht tot ...«

»Schweig endlich!« knurrte Delfosse mit steigendem Nachdruck.

Stumm legten sie die nächsten dreihundert Meter zurück.

»Meinst du, wir sollten heute abend hin?«

»Natürlich! Es würde recht merkwürdig aussehen, wenn ...«

»Sag mal! Ob vielleicht Adèle etwas weiß?«

Jeans Nerven waren überreizt. Er wußte weder wo hinsehen noch was sagen. Er wagte nicht, sich umzuwenden, und er spürte hinter sich die Gegenwart des breitschultrigen Mannes.

»Wenn er auch über die Maasbrücke geht, verfolgt er uns.«

»Gehst du nach Hause?«

»Ich muß ... Meine Mutter ist wütend.«

Er war nahe daran, mitten auf der Straße in Tränen auszubrechen.

»Er kommt über die Brücke ... Glaubst du nun, daß er uns folgt!«

»Schweig jetzt! Bis heute abend! So, ich bin am Ziel.«

»René!«

»Was ist denn?«

»Ich will dieses ganze Geld nicht behalten ... Hör doch! ...«

Doch Delfosse zuckte bloß die Achseln und ging ins Haus. Jean beeilte sich weiterzukommen, immer wieder in Schaufenster blickend, um festzustellen, daß man ihm noch folgte.

In den ruhigen Wohngegenden am anderen Ufer der Maas war kein Zweifel mehr möglich. Da wurden ihm die Knie weich. Beinahe wäre er stehengeblieben, von Schwindel erfaßt. Stattdessen ging er noch schneller, als treibe ihn die Furcht vorwärts.

Als er zu Hause ankam, fragte seine Mutter:

»Was hast du denn?«

»Nichts ...«

»Du bist ganz blaß ... fast grün ...«

Und erbittert:

»Prächtig, prächtig, nicht wahr? Sich in deinem Alter derart zuzurichten! ... Wo hast du dich heute nacht wieder rumgetrieben? Und in welcher Gesellschaft? ... Ich verstehe deinen Vater nicht, daß er dir das durchgehen läßt ... So, jetzt iß!«

»Ich hab keinen Hunger.«

»Schon wieder nicht?«

»Laß mich, Mutter, bitte. Ich fühle mich nicht gut ... Ich weiß nicht, was ich habe ...«

Aber Madame Chabots scharfer Blick ließ sich nicht erweichen.

Sie war eine kleine, herbe, lebhafte Person, von morgens bis abends auf den Füßen.

»Wenn du krank bist, laß ich den Arzt kommen!«

»Um Himmels willen, nein!«

Schritte im Treppenhaus. An der Glasscheibe erschien der Kopf eines der Studenten. Er klopfte, erkundigte sich dann unruhig und mißtrauisch:

»Kennen Sie den Mann, der vor dem Haus auf- und abgeht, Madame Chabot?«

Er hatte einen starken slawischen Akzent. Seine Augen hatten einen fanatischen Glanz. Er war ein rasch aufbrausender Mensch.

Er war eigentlich aus dem Alter heraus, in dem man studiert. Aber er war als regulärer Student an der Universität eingeschrieben, obwohl er die Vorlesungen nie besuchte.

Man wußte, daß er aus Georgien stammte und dort politisch tätig gewesen war. Er behauptete, adlig zu sein.

»Was tut er denn, Monsieur Bogdanowski?«

»Kommen Sie ...«

Er zog sie ins Eßzimmer, dessen Fenster auf die Straße ging. Jean zögerte, ihnen zu folgen. Schließlich tat er es doch.

»Seit einer Viertelstunde geht er da auf und ab ... Ich kenne mich aus! Das ist sicher einer von der Polizei.«

»Aber nein«, meinte Madame Chabot zuversichtlich. »Sie sehen überall Polizisten! Das ist bloß jemand, der eine Verabredung hat.«

Der Georgier warf ihr dennoch einen argwöhnischen Blick zu und ging dann wieder in sein Zimmer hinauf. Jean indessen hatte den Mann mit den breiten Schultern wiedererkannt.

»Komm jetzt gefälligst essen, verstanden! Und zwar ohne Faxen. Sonst marschierst du ins Bett, und ich ruf den Arzt ...«

Monsieur Chabot kam über Mittag nicht nach Hause. Gegessen wurde in der Küche, wo Madame Chabot sich kaum jemals hinsetzte, sondern ständig geschäftig zwischen Tisch und Herd unterwegs war.

Während Jean mit gesenktem Kopf versuchte, ein paar Bissen hinunterzuschlucken, beobachtete sie ihn und bemerkte plötzlich ein Detail seiner Kleidung.

»Wo kommt diese Krawatte wieder her?«

»Ich ... die hat René mir geschenkt ...«

»René, immer René. Hast du denn überhaupt keinen Stolz? Ich schäme mich für dich! Die Leute haben vielleicht Geld, aber das macht sie nicht respektabler. Die Eltern sind noch nicht einmal richtig verheiratet.«

»Maman!«

Gewöhnlich sagte er Mutter. Aber er wollte, daß es flehentlich klang. Er war am Ende. Er verlangte nichts anderes als ein bißchen Frieden während der paar Stunden, die er zu Hause verbringen mußte. Im Geist sah er den Unbekannten draußen auf der anderen Straßenseite hin- und hergehen, vor der Mauer der Schule, in der er seine Kinderjahre verbracht hatte.

»Nein, mein Sohn! Mit dir geht's bergab, glaub mir! Es wird höchste Zeit, daß sich das ändert, wenn du nicht enden willst wie dein Onkel Henry ...«

Ein Alptraum, die Beschwörung des Onkels, den man manchmal stockbetrunken antraf oder auf einer Leiter sah, damit beschäftigt, an der Fassade eines Hauses herumzupinseln.

»Dabei hat er studiert! Alle Möglichkeiten standen ihm offen ...«

Jean sprang auf, den Mund noch voll, riß buchstäblich seinen Hut von der Garderobe und ergriff die Flucht.

In Lüttich haben einige Zeitungen eine Morgenausgabe, doch die Hauptausgabe erscheint um ein Uhr mittag. Auf seinem Weg ins Stadtzentrum wandelte Jean Chabot wie in einem sonnigen Nebel, der seine Sicht trübte, und er kam erst jenseits der Maas zu sich, als er ausrufen hörte:

»Verlangen Sie die ›Gazette de Liège‹ ... ›Gazette de Liège‹, neueste Ausgabe ... Die Leiche im Weidenkoffer! ... Schreckliche Enthüllungen ... Verlangen Sie die ›Gazette de Liège‹! ...«

Neben ihm, keine zwei Meter weiter, kaufte sich der Mann mit den breiten Schultern eine Zeitung und wartete auf sein Wechselgeld. Jean durchsuchte seine Taschen, fand aber nur die Banknoten, die er wahllos hineingestopft hatte, jedoch keine Münzen. Daraufhin ging er weiter und stieß wenig später die Tür zur Kanzlei auf, wo die andern Angestellten bei der Arbeit saßen.

»Fünf Minuten zu spät, Monsieur Chabot!« bemerkte der Kanzleichef. »Das ist nicht viel, kommt aber in letzter Zeit häufig vor.«

»Entschuldigen Sie ... die Straßenbahn ... Ich habe da die kleine Kasse ...«

Er spürte sehr wohl, daß sein Gesicht nicht den normalen Ausdruck hatte. Die Haut über den Backenknochen brannte. Und in den Augen hatte er stechende Schmerzen.

Monsieur Hosey blätterte das Heft durch und überprüfte die Zahlen am Fuß der Seiten.

»Hundertachtzehn fünfzig ... Haben sie das noch übrig?«

Jean bereute, daß er nicht daran gedacht hatte, einen seiner Scheine zu wechseln. Er hörte, wie sich der zweite Kanzlist und die Schreibkraft über den Weidenkoffer unterhielten.

»Graphopulos ... Ist das ein türkischer Namen?«

»Es heißt, er sei Türke ...«

Jean summten die Ohren. Er zog zwei Hundertfranc-Scheine aus der Tasche. Kühl zeigte Monsieur Hosey auf etwas, das zu Boden gefallen war: ein dritter Schein.

»Mir scheint, Sie gehen sehr leichtfertig mit Geld um. Haben Sie keine Brieftasche?«

»Entschuldigen Sie ...«

»Wenn der Chef sähe, wie Sie die Banknoten so einfach in die Tasche stecken ... Nun, ich habe kein Kleingeld. Sie übertragen diese hundertachtzehn Franc fünfzig also auf die neue Rechnung. Wenn die Summe erschöpft ist, können Sie von mir weiteres Geld bekommen. Heute nachmittag müssen Sie noch bei allen Zeitungen vorbei und die notariellen Anzeigen aufgeben. Es eilt! Sie sollen morgen erscheinen ...«

Der Türke! Der Türke! ....

Draußen kaufte Jean eine Zeitung und stand dann eine ganze Weile inmitten Neugieriger, weil der Zeitungsverkäufer erst Kleingeld holen mußte. Er las im Gehen, wobei er Passanten anstieß:

Das Geheimnis des Weidenkoffers

Heute früh gegen neun Uhr, gleich nach der Öffnung, entdeckte ein Wärter des Zoologischen Gartens auf einer Rasenfläche einen großen Weidenkoffer. Vergeblich versuchte er, ihn aufzumachen. Der Dekkel war durch eine Querstange verschlossen, mit einem massiven Vorhängeschloß als Sicherung.

Der Wärter holte deshalb Polizist Leroy herbei, der seinerseits den Kommissar vom vierten Polizeirevier verständigte.

Erst um zehn Uhr konnte der Koffer endlich von einem Schlosser geöffnet werden. Und man stelle sich den Anblick vor, der sich den Untersuchungsbeamten bot:

Ein zusammengekrümmter Leichnam, dem man, um ihn leichter verstauen zu können, roh die Halswirbel gebrochen hatte.

Es handelte sich um einen Mann von etwa vierzig Jahren und ausgesprochen fremdländischem Typus, bei dem sich keine Brieftasche fand. Dagegen enthielt eine seiner Westentaschen Visitenkarten auf den Namen Ephraim Graphopulos.

Er kann erst vor kurzem in Lüttich angekommen sein, denn er ist weder bei der Fremdenpolizei angemeldet noch als Gast in einem der hiesigen Hotels verzeichnet.

Der Gerichtsarzt wird die Autopsie erst heute nachmittag vornehmen, doch man geht jetzt schon davon aus, daß der Tod im Lauf der Nacht eintrat und durch einen Schlag mit einem schweren Gegenstand herbeigeführt wurde, etwa einem Gummiknüppel, einer Eisenstange, einem Sandsack oder einem Bleirohr.

Alle näheren Angaben zu diesem Fall, der ganz nach Sensation aussieht, lesen Sie in unserer nächsten Ausgabe.

Das Blatt in der Hand, trat Jean an den Schalter der Zeitung ›La Meuse‹, gab dort seine notariellen Anzeigen auf und wartete auf seine Quittung.

Die Stadt lag in der Sonne, pulsierte vor Leben. Es waren die letzten schönen Herbsttage, und auf den Boulevards begann man bereits, die Buden für die große Oktoberkirmes aufzubauen.

Vergebens hielt er hinter sich Ausschau nach dem Verfolger vom Vormittag. Als er am ›Pélican‹ vorbeikam, vergewisserte er sich, daß Delfosse, der nachmittags keine Vorlesungen hatte, nicht dort war.

Er machte einen Umweg über die Rue du Pot-d'Or. Die Türen des ›Gai-Moulin‹ standen offen. Der Saal lag im Schatten, so daß das Granatrot der Bänke kaum erkennbar war. Victor putzte die Fenster, und Chabot ging rasch weiter, bevor er bemerkt wurde.

Er ging noch zum ›Express‹, zum ›Journal de Liège‹...

Adèles Balkon zog seinen Blick an. Er zögerte. Einmal schon hatte er sie besucht, vor einem Monat. Delfosse hatte sich gerühmt, der Liebhaber der Tänzerin gewesen zu sein. Daraufhin hatte er gegen Mittag bei ihr angeklopft, unter einem albernen Vorwand. Sie hatte ihn eingelassen und war dann, in einen schmuddeligen Morgenmantel gehüllt, ungeniert mit ihrer Toilette fortgefahren, dabei ganz kameradschaftlich mit ihm plaudernd.

Er hatte keinerlei Annäherungsversuche gemacht. Dennoch war er von dieser Intimität beglückt gewesen.

Er stieß die Eingangstür im Erdgeschoß neben dem Lebensmittelgeschäft auf, stieg die dunkle Treppe hinauf und klopfte.

Niemand antwortete. Doch kurz darauf schlurften Schritte über den Boden. Die Tür öffnete sich einen Spaltbreit, und starker Spiritusgeruch drang heraus.

»Du bist's! Ich dachte, es sei dein Freund.«

»Warum?«

Adèle wandte sich schon wieder dem kleinen vernickelten Brenner zu, auf dem eine Brennschere lag.

»Nur so! Ich weiß nicht! Mach die Tür zu ... Es zieht ...«

In diesem Augenblick empfand Chabot das drängende Bedürfnis, sich ihr anzuvertrauen, sie um Rat zu bitten, sich jedenfalls trösten zu lassen von dieser Frau mit den müden Augen, deren Körper wohl unter dem Morgenrock etwas schlaff war, aber doch verlockend, wenn sie in ihren roten Satinpantoffeln durch das unordentliche Zimmer schlurfte.

Auf dem ungemachten Bett sah er eine Ausgabe der ›Gazette de Liège‹.

3

Der Mann mit den breiten Schultern

Sie war eben erst aufgestanden. Neben dem Kocher rann eine Kondensmilchdose.

»Dein Freund ist also nicht mitgekommen?« erkundigte sie sich nochmals.

Sogleich verfinsterte sich Chabots Gesicht, und grollend erwiderte er:

»Warum sollte er mitgekommen sein?«

Sie merkte nichts, öffnete einen Schrank und kramte ein rosa Unterhemd hervor.

»Stimmt's, daß sein Vater ein reicher Fabrikant ist?«

Jean hatte sich nicht gesetzt, nicht einmal seinen Hut abgelegt. Er sah ihr zu, wie sie hin und her ging; dabei wurde er von höchst widersprüchlichen Gefühlen heimgesucht, einer Mischung aus Trauer, Verlangen, instinktiver Hochachtung vor dieser Frau und Verzweiflung.

Sie war keine Schönheit, zumal nicht in abgetragenen Pantoffeln und zerknittertem Morgenrock. Doch für ihn gewann sie möglicherweise gerade durch die Ungezwungenheit ihrer Intimität an Charme. War sie fünfundzwanzig, dreißig? Jedenfalls hatte sie ein bewegtes Leben hinter sich. Oft sprach sie von Paris, von Berlin, Ostende, nannte sie die Namen berühmter Nachtlokale.

Aber leidenschaftslos, ohne Einbildung, ohne Getue. Im Gegenteil! Ihr vorherrschender Charakterzug war eine gewisse Trägheit, die sich im Ausdruck ihrer Augen zeigte, in der lässigen Art, die Zigarette zwischen die Lippen zu klemmen, in ihren Bewegungen und in ihrem Lächeln.

Eine lächelnde Trägheit.

»Was hat er für eine Fabrik?«

»Eine Fahrradfabrik.«

»Komisch. In Saint-Etienne habe ich schon einmal einen Fahrradfabrikanten gekannt. Wie alt ist er? ...«

»Der Vater?«

»Nein, René ...«

Daß sie diesen Vornamen im Munde führte, ließ ihn ein noch saureres Gesicht machen.

»Achtzehn.«

»Er hat es faustdick hinter den Ohren, nicht wahr?«

Ihre Vertrautheit war vollkommen. Sie behandelte Jean Chabot wie ihresgleichen. Wenn sie dagegen von René Delfosse sprach, lag eine Spur Achtung in ihrer Stimme.

Hatte sie erraten, daß Chabot nicht reich war, daß er aus etwa ähnlichen Verhältnissen kam wie sie selbst?

»Setz dich! ... Es stört dich doch nicht, wenn ich mich anziehe? ... Reich mir doch die Zigaretten.«

Er blickte sich suchend um.

»Auf dem Nachttisch! ... Ja, da ...«

Jean, schreckensblaß, wagte das Etui kaum anzufassen, das er am Abend zuvor in den Händen des Fremden gesehen hatte. Er blickte die Frau an, die, nackt unter ihrem Morgenrock, die Strümpfe anzog.

Seine Verwirrung wuchs. Er wurde knallrot. Vielleicht wegen des Zigarettenetuis, vielleicht wegen dieser Nacktheit, höchstwahrscheinlich wegen beidem.

Adèle war nicht bloß eine Frau. Sie war eine Frau, die in ein Drama verwickelt war, eine, die zweifellos ein Geheimnis hatte.

»Nun?«

Er reichte ihr das Etui.

»Hast du Feuer?«

Seine Hand zitterte, als er ihr das brennende Streichholz hinhielt. Da lachte sie hellauf.

»Du hast wohl noch nicht viele Frauen gesehen in deinem Leben?«

»Ich habe schon Mätressen gehabt.«

Das Lachen wurde stärker. Sie blickte ihm aus halbgeschlossenen Augen ins Gesicht.

»Du bist komisch! ... Ein komischer Kerl. Gib mir meinen Strumpfgürtel!«

»Sind Sie heute nacht spät nach Hause gekommen?«

Sie betrachtete ihn nun mit einer Spur mehr Ernst.

»Bist du etwa verliebt? ... Und eifersüchtig dazu? Jetzt verstehe ich, warum du ein solches Gesicht gezogen hast, als ich von René sprach. Komm, dreh dich zur Wand ...«

»Haben Sie noch keine Zeitung gelesen?«

»Nur den Fortsetzungsroman.«

»Der Fremde von gestern abend ist umgebracht worden.«

»Im Ernst?«

Sie war nicht sehr betroffen, höchstens neugierig.

»Wer war's?«

»Das weiß man nicht. Seine Leiche ist in einem Weidenkoffer entdeckt worden.«

Der Morgenrock fiel aufs Bett. Jean drehte sich um, als sie gerade ihr Unterhemd herunterzog und im Schrank nach einem Kleid griff.

»Schon wieder eine Geschichte, die mir möglicherweise Ärger bringt! ...«

»Haben Sie das ›Gai-Moulin‹ mit ihm zusammen verlassen?«

»Nein, ich ging allein weg ...«

»So!«

»Das hört sich an, als glaubtest du mir nicht ... Stellst du dir etwa vor, ich nehme sämtliche Gäste des Lokals mit hierher? Ich bin Tänzerin, Kleiner ... Daß ich zum Trinken animiere, gehört dazu ... Aber nach Dienstschluß läuft gar nichts ...!«

»Immerhin, mit René ...«

Er merkte rechtzeitig, daß er sich idiotisch benahm.

»Nun, was?«

»Nichts ... Er hat mir gesagt ...«

»Dieser Blödian! Knapp sich getraut, mir einen Kuß zu geben, das hat er ... Gib mir noch eine Zigarette ...«

Und dann, während sie einen Hut aufsetzte:

»Raus jetzt! Ich muß Besorgungen machen ... Komm! ... Mach die Tür zu!«

Sie stiegen hintereinander die dunkle Treppe hinunter.

»Wohin gehst du?«

»Ich muß wieder ins Büro.«

»Kommst du heute abend?«

Auf dem Gehsteig herrschte lebhaftes Gedränge. Sie verabschiedeten sich, und kurz darauf saß Jean Chabot an seinem Arbeitstisch vor einem Stapel Briefumschläge, die mit Briefmarken zu versehen waren.

Ohne daß er genau hätte sagen können, warum, dominierte in seiner Stimmung jetzt eher Kummer als Furcht. Voll Widerwillen sah er sich im Büro um, dessen Wände voller notarieller Anzeigen hingen.

»Haben Sie die Quittungen?« erkundigte sich der Kanzleichef.

Er reichte sie ihm.

»Und die von der ›Gazette de Liège‹? Haben Sie die ›Gazette de Liège‹ vergessen?«

Eine Tragödie! Eine Katastrophe! Der Ton des Kanzleichefs war tragisch!

»Hören Sie, Chabot, ich muß Ihnen sagen, daß es nicht so weitergeht! Arbeit ist Arbeit, und Pflicht ist Pflicht! Ich werde nicht umhin können, mit dem Chef darüber zu sprechen. Im übrigen ist mir zu Ohren gekommen, daß Sie nachts in recht zweifelhaften Lokalen anzutreffen sind, in die ich persönlich noch keinen Fuß gesetzt habe. Offen gesagt, Sie scheinen auf Abwege geraten zu sein. Sehen Sie mich an, wenn ich mit Ihnen spreche! Und setzen Sie nicht diese ironische Miene auf! Verstanden? Bilden Sie sich bloß nicht ein, daß Sie damit durchkommen!«

Laut fiel die Tür ins Schloß. Der junge Mann blieb allein zurück und klebte weiter Briefmarken auf die Umschläge.

Delfosse würde um diese Zeit auf der Terrasse des ›Pélican‹ oder in irgendeinem Kino sitzen. Nach der

Wanduhr war es fünf. Jean schaute zu, wie der Zeiger sechzigmal um eine Minute vorrückte, stand dann auf, nahm seinen Hut und schloß seine Schublade ab.

Der Mann mit den breiten Schultern stand nicht draußen. Es wurde kühl. Mit der Dämmerung breiteten sich in den Straßen bläuliche Nebelschwaden aus, durch die die Lichter in den Schaufenstern hinter den Scheiben der Straßenbahnen schimmerten.

»Holen Sie sich die ›Gazette de Liège‹!«

Delfosse war nicht im ›Pélican‹. Chabot suchte ihn in den anderen Bars der Stadtmitte, in denen sie sich gewöhnlich trafen. Seine Beine waren so schwer, sein Kopf so leer, daß er beschloß, sich zu Hause hinzulegen.

Als er nach Hause kam, hatte er gleich das Gefühl, daß irgend etwas ungewöhnlich war. Die Küchentür stand offen. Mademoiselle Pauline, eine polnische Studentin, die ein möbliertes Zimmer im Haus bewohnte, stand über jemanden gebeugt, den der junge Mann nicht sofort sah.

Das Schweigen, das bei seinem Eintritt herrschte, wurde plötzlich von einem Aufschluchzen unterbrochen. Mademoiselle Pauline wandte ihm ihr anmutsloses Gesicht mit einem vorwurfsvollen Ausdruck zu.

»Sehen Sie sich Ihre Mutter an, Jean!«

Madame Chabot, in Schürze und die Ellbogen auf dem Tisch, weinte herzzerreißend.

»Was ist denn?«

Und darauf die Polin:

»Das sollten Sie am besten wissen ...«

Madame Chabot wischte sich die geröteten Augen,

sah ihren Sohn an und brach in noch lauteres Schluchzen aus.

»Er bringt mich noch ins Grab! ... Es ist entsetzlich! ...«

»Was habe ich denn getan, Mutter?«

Jean sprach mit tonloser, flacher Stimme. Er hatte solche Angst, daß sie ihn beinah lähmte.

»Lassen Sie uns jetzt allein, Mademoiselle Pauline ... Sie waren sehr liebenswürdig ... Ach, daß wir das erleben müssen, die stets lieber arm, aber dafür ehrlich gewesen sind!«

»Ich kapiere überhaupt nichts ...«

Die Studentin zog sich diskret zurück. Man hörte sie die Treppe hinaufgehen. Sie ließ jedoch mit Bedacht die Tür ihres Zimmers offen.

»Was hast du angestellt? ... Sag's ohne Umschweife! Gleich kommt dein Vater nach Hause ... Wenn ich mir vorstelle, daß es bald im ganzen Viertel herum ist ...«

»Ich schwöre dir, daß ich kein Wort verstehe.«

»Du lügst! Du weißt genau, daß du lügst, seit du dich ständig mit diesem Delfosse und all den dreckigen Weibern herumtreibst! ... Vor einer halben Stunde platzte die Gemüsehändlerin herein. Madame Velden, ganz außer Atem ... Mademoiselle Pauline saß gerade bei mir unten. Und vor ihr hat Madame Velden mir erzählt, daß ein Mann sie aufgesucht hat, um Auskünfte über dich und uns einzuholen ... Ein Mann, der sicher von der Polizei ist! ... Und ausgerechnet an Madame Velden mußte er sich wenden, das schlimmste Lästermaul weit und breit. Inzwischen dürfte das ganze Viertel Bescheid wissen ...«

Sie war aufgestanden. Mechanisch goß sie kochendes Wasser in den Filter der Kaffeekanne. Dann holte sie ein Tischtuch aus dem Schrank.

»Das ist also der Dank dafür, daß wir solche Opfer für deine Ausbildung gebracht haben! ... Die Polizei, die sich mit uns befaßt, vielleicht sogar ins Haus kommt! ... Ich weiß nicht, wie dein Vater darauf reagieren wird ... Ich weiß nur, daß meiner dich aus dem Haus gejagt hätte ... Wenn ich mir vorstelle, daß du nicht einmal siebzehn bist! ... Er ist selber schuld, dein Vater! Er läßt zu, daß du bis zwei, drei Uhr morgens fort bleibst. Und wenn ich mich dann aufrege, ergreift er für dich Partei ...«

Ohne zu wissen, warum, war Jean plötzlich sicher, daß der sogenannte Polizist der Mann mit den breiten Schultern war. Verbissen starrte er zu Boden.

»Du sagst also nichts? Du willst nicht damit herausrücken?«

»Ich habe nichts getan, Mutter.«

»Würde die Polizei sich mit dir beschäftigen, wenn du nichts getan hättest?«

»Es ist nicht sicher, daß es die Polizei war!«

»Und wer sollte es sonst sein?«

Er fand plötzlich den Mut zu lügen, um diesem scheußlichen Auftritt endlich ein Ende zu machen.

»Vielleicht Leute, die mich als Angestellten brauchen könnten und sich Auskunft zu verschaffen suchen ... Dort wo ich jetzt arbeite, werde ich schlecht bezahlt ... Ich habe mich verschiedenerorts nach einer neuen Stelle umgesehen.«

Sie sah ihn durchdringend an.

»Du lügst!«

»Ich schwöre dir ...«

»Bist du sicher, daß Delfosse und du keine Dummheit angestellt habt?«

»Ich schwöre, Mutter ...«

»Dann solltest du aber schleunigst zu Madame Velden gehen ... Sie braucht nicht unbedingt überall herumzuschwätzen, daß die Polizei dich sucht!«

Die Haustür wurde geöffnet. Monsieur Chabot zog seinen Mantel aus, hängte ihn an die Garderobe, trat in die Küche und ließ sich in seinem Korbsessel nieder.

»Schon zu Hause, Jean?«

Er bemerkte die roten Augen seiner Frau und das verdrossene Gesicht des jungen Mannes.

»Was gibt's?«

»Nichts! ... Ich habe mit Jean geschimpft ... Ich will nicht mehr, daß er zu ungehörigen Zeiten nach Hause kommt. Als hätte er es nicht gut genug hier bei uns in seiner Familie ...«

Sie deckte den Tisch, goß die Tassen ein. Beim Essen las Monsieur Chabot die Zeitung und machte seine Bemerkungen dazu.

»Noch so eine Geschichte, die Staub aufwirbeln wird! ... Eine Leiche in einem Weidenkoffer ... Natürlich, ein Ausländer! ... Bestimmt ein Spion ...«

Dann fiel ihm etwas anderes ein:

»Hat Monsieur Bogdanowski bezahlt?«

»Noch nicht. Er sagte, er erwarte das Geld am Mittwoch.«

»Wie schon seit Wochen! Aber am Mittwoch mußt du ihm klarmachen, daß es so nicht weitergeht ...«

Die Atmosphäre war dumpf, die Luft voll vertrauter Gerüche, mit Lichtreflexen auf den Kupferpfannen und dem bunten Fleck eines Reklamekalenders, der seit drei Jahren an der Wand hing und als Zeitungshalter diente.

Während Jean das Essen mechanisch hinunterschlang, wurde er allmählich von einer Art Betäubung ergriffen. In dieser familiären Umgebung überkamen ihn nachgerade Zweifel an der Realität der Ereignisse dort draußen. So hatte er Mühe, sich vorzustellen, daß er zwei Stunden zuvor im Zimmer einer Tänzerin gewesen war, die sich ungeniert vor ihm die Strümpfe angezogen hatte, den Morgenrock klaffend über einem bleichen, fleischigen und etwas schlaffen Körper.

»Hast du dich nach dem Haus erkundigt?«

»Nach welchem Haus?«

»Dem Haus in der Rue Féronstrée.«

»Ich ... Also, ich hab's vergessen.«

»Wie gewohnt!«

»Ich hoffe, du ruhst dich heute abend einmal aus! Du siehst miserabel aus!«

»Ja, heute gehe ich nicht weg.«

»Das wäre diese Woche das erste Mal«, warf Madame Chabot ein, die noch immer nicht ganz beruhigt war und mißtrauisch Ausdruck und Mienenspiel ihres Sohnes beobachtete.

Der Briefkasten schepperte. Jean war sicher, daß es ihm galt, und eilte in den Flur, um zu öffnen. Monsieur und Madame Chabot blickten durch die verglaste Küchentür.

»Schon wieder dieser Delfosse!« stellte Madame

Chabot fest. »Er kann Jean einfach nicht in Ruhe lassen. Wenn das nicht aufhört, gehe ich zu seinen Eltern.«

Sie sahen sie unter der Tür miteinander reden. Mehrmals drehte Chabot sich um, um sich zu vergewissern, daß niemand sie belauschte. Er schien sich einer drängenden Aufforderung zu widersetzen.

Und plötzlich rief er, ohne noch einmal in die Küche zu kommen: »Ich bin gleich zurück!«

Madame Chabot sprang auf, um ihn zurückzuhalten. Doch schon hatte er mit fiebriger Hast seinen Hut von der Garderobe gerissen, das Haus verlassen und die Tür geräuschvoll hinter sich ins Schloß fallen lassen.

»Und du duldest, daß er sich so aufführt?« warf sie ihrem Mann vor. »Damit zeigt er, wie wenig Respekt er vor dir hat. Wenn du nur ein bißchen mehr Autorität hättest ...«

So ereiferte sie sich weiter, im Schein der Lampe, ohne mit essen innezuhalten, während Monsieur Chabot nach seiner Zeitung schielte, aber nicht nach ihr zu greifen wagte, solange seine Frau ihre Schmährede nicht beendet hatte.

»Bist du sicher?«

»Völlig ... Ich hab ihn eindeutig erkannt. Er war früher Inspektor in unserem Viertel.«

Delfosses Gesicht sah noch hagerer aus als sonst, und als er unter einer Gaslaterne vorbeikam, bemerkte sein Begleiter, wie aschfahl er war. Er rauchte in kurzen, nervösen Zügen.

»Ich kann nicht mehr ... So geht das nun schon seit vier Stunden. Da! Dreh dich schnell um! Ich hör ihn keine hundert Meter hinter uns ...«

Man sah bloß die alltäglichen Umrisse eines Mannes, der die Häuserzeile der Rue de la Loi entlangging.

»Es ging gleich nach dem Mittagessen los. Vielleicht schon vorher. Gemerkt habe ich es erst, als ich mich auf der Terrasse des ›Pélican‹ niederließ ... Er hat sich an einen Nebentisch gesetzt ... Ich habe ihn wiedererkannt ... Er ist seit zwei Jahren bei der Kriminalpolizei. Mein Vater hat ihn beigezogen, als in der Fabrik Metall gestohlen wurde. Er heißt Gérard oder Girard ... Ich weiß nicht, warum ich aufstand ... es machte mich nervös ... Ich bin in die Rue de la Loi eingebogen, und er ist mir gefolgt. Ich bin in ein anderes Lokal gegangen. Hundert Meter weiter hat er auf mich gewartet. Ich ging ins Kino ›Mondain‹ und habe ihn drei Reihen weiter hinten entdeckt ... Ich weiß nicht, was ich sonst noch alles tat ... Ich bin gelaufen, mit der Straßenbahn gefahren ... Es ist wegen der Banknoten in meiner Tasche! Ich möchte sie loswerden, denn wenn er mich durchsucht, könnte ich nicht erklären, woher ich sie habe. Könntest du nicht angeben, daß sie dir gehören? Etwa, daß dein Patron sie dir für eine Besorgung gab?«

»Nein!«

Delfosse stand der Schweiß auf der Stirn, sein Blick war zugleich hart und unruhig.

»Dann müssen wir uns eben etwas anderes einfallen lassen ... Irgendwann wird er uns überprüfen ... Ich kam zu dir, weil wir ja schließlich zusammen ...«

»Hast du noch nichts gegessen?«

»Ich habe keinen Hunger ... Soll ich die Scheine in die Maas werfen, wenn wir die Brücke überqueren?«

»Er würde es merken!«

»Ich könnte immer noch in einem Café auf die Toilette gehen ... Oder, noch besser ... Hör zu! Wir setzen uns beide irgendwohin, und dann gehst du auf die Toilette, während er mich weiterhin überwacht.«

»Und wenn er mir folgt?«

»Er folgt dir schon nicht. Ganz abgesehen davon, daß es dein gutes Recht ist, die Tür abzuschließen.«

Sie befanden sich noch immer in dem Viertel jenseits der Maas mit den breiten, aber einsamen und schlecht beleuchteten Straßen.

Hinter sich hörten sie die gleichmäßigen Schritte des Polizisten, der offenbar keinen Wert darauf legte, unbemerkt zu bleiben.

»Wollen wir nicht doch ins ›Gai-Moulin‹? ... Das würde viel natürlicher aussehen. Wir sind ja fast jeden Abend dort. Und wenn wir den Türken umgebracht hätten, würden wir uns nicht mehr blicken lassen.«

»Es ist noch zu früh.«

»Dann warten wir eben.«

Sie redeten nicht mehr miteinander. Sie überquerten die Maas, irrten durch die Straßen der Innenstadt und überzeugten sich von Zeit zu Zeit davon, daß Girard ihnen immer noch auf den Fersen war.

In der Rue du Pont-d'Or begrüßte sie die Leuchtschrift des Nachtlokals, das gerade geöffnet hatte.

»Gehen wir hinein?«

Sie entsannen sich ihrer Flucht in der vergangenen

Nacht, und es kostete sie große Überwindung, hineinzugehen. Victor stand an der Tür, seine Serviette über dem Arm, ein Zeichen, daß kaum Gäste da waren.

»Los!«

»Guten Abend, Messieurs ... Sind Sie zufällig Adèle begegnet?«

»Nein. Ist sie nicht da?«

»Noch nicht! Das ist merkwürdig, denn sie ist sonst immer pünktlich. Treten Sie ein ... Portwein? ...«

»Ja, Portwein!«

Der Saal war leer. Die Musiker machten sich nicht die Mühe zu spielen. Sie plauderten, während sie den Eingang im Auge behielten. Der Patron, in weißem Jackett, steckte hinter seiner Bar kleine amerikanische und englische Fähnchen auf.

»Guten Abend, Messieurs!« rief er von weitem. »Wie geht's?«

»Danke!«

Nun kam auch der Polizist herein. Er war noch jung und hatte einige Ähnlichkeit mit dem zweiten Kanzlisten. Er lehnte es ab, dem Pikkolo seinen Hut zu überlassen, und ließ sich in der Nähe der Tür nieder.

Auf einen Wink des Patrons setzte die Musik ein, worauf der Eintänzer, der ganz hinten im Saal einen Brief geschrieben hatte, auf die einzige bisher anwesende Tänzerin zuging.

»Los, geh!«

Delfosse schob seinem Freund etwas in die Hand, und Jean zögerte, danach zu fassen. Der Polizist beobachtete sie. Doch das Manöver fand unter dem Tisch statt.

»Mach jetzt! ...«

Chabot gab sich einen Ruck und ergriff die schmuddeligen Scheine. Er behielt sie in der Hand, um keine überflüssigen Bewegungen zu machen, und erhob sich.

»Ich muß mal rasch!« sagte er laut.

Delfosse vermochte kaum, seine Erleichterung zu verbergen, und unwillkürlich warf er seinem Beschatter einen triumphierenden Blick zu.

Der Patron hielt Jean auf.

»Warten Sie, ich gebe Ihnen den Schlüssel! Die Toilettenfrau ist noch nicht da ... Ich weiß nicht, was heute los ist, daß alle zu spät kommen.«

Die Kellertür stand halb offen, und von unten kam ein dumpfiger Dunst herauf, der dem jungen Mann einen Schauder über den Rücken jagte.

Delfosse kippte seinen Portwein in einem Zug. Er bekam den Eindruck, daß ihm das guttat, und leerte gleich auch noch das Glas seines Freundes. Der Inspektor blieb ruhig sitzen. Das Manöver hatte also Erfolg gehabt! In wenigen Augenblicken würden die kompromittierenden Banknoten durch die Wasserspülung beseitigt sein.

In diesem Moment trat, in einem schwarzen Satinmantel mit weißem Pelzbesatz, Adèle ein. Sie rief den Musikern einen Gruß zu und drückte Victor die Hand.

»Nanu!« sagte sie zu Delfosse. »Ist dein Freund nicht da? Ich hab ihn heute nachmittag gesehen. Er kam zu mir. Ein komischer Kerl! Ich leg nur ab!«

Sie ließ ihren Mantel hinter der Bar, wo sie ein paar

Worte mit dem Patron wechselte, und kehrte zu dem jungen Mann zurück, um sich neben ihn zu setzen.

»Zwei Gläser ... Bist du mit jemand?«

»Mit Jean.«

»Wo ist er?«

»Da hinten ...«

Er wies mit den Augen zur hinteren Tür.

»Aha, gut! Was ist eigentlich sein Vater?«

»Er ist Buchhalter in einer Versicherung, glaube ich ...«

Sie sagte nichts. Das genügte ihr. So etwas hatte sie sich schon gedacht.

»Warum kommst du nicht mehr mit deinem Auto?«

»Es ist das Auto meines Vaters. Ich habe keinen Führerschein. Deshalb nehme ich es nur, wenn er verreist ist. Nächste Woche fährt er in die Vogesen. Wenn Sie ... wenn du Lust hast, können wir einen Ausflug machen ... Nach Spa zum Beispiel.«

»Wer ist der Kerl da drüben? ... Ist er nicht von der Polizei?«

»Ich weiß nicht ...« stammelte er und wurde rot.

»Sein Gesicht gefällt mir nicht ... Hör mal, bist du sicher, daß dein Freund nicht ohnmächtig geworden ist? Victor, einen Sherry! ... Möchtest du nicht tanzen? Nicht daß mir daran liegt, aber der Patron schätzt es, wenn ein bißchen Betrieb ist.«

Chabot war schon seit zwanzig Minuten verschwunden. Delfosse tanzte so schlecht, daß Adèle mitten im Tanz zu führen begann.

»Entschuldige ... Ich will mal nach ihm sehen ...«

Er stieß die Tür zur Toilette auf. Jean befand sich

nicht mehr dort. Dagegen war die Toilettenfrau dabei, ein paar Waschsachen bereitzustellen.

»Haben Sie meinen Freund gesehen?«

»Nein ... ich bin eben erst gekommen ...«

»Durch die Hintertür?«

»Wie immer.«

Er öffnete sie. Die Seitengasse war verlassen, regennaß und kalt, vom flackernden Licht der einzigen Gaslaterne knapp erhellt.

4

Die Pfeifenraucher

Sie waren zu viert in dem riesigen Raum, in dem die mit Löschpapier überzogenen Tische als Schreibtische dienten. Die Lampen hatten Schirme aus grünem Karton. Durch die offenen Türen sah man in leere Zimmer.

Es war Abend. Nur die Beamten von der Kriminalpolizei warteten noch. Sie rauchten Pfeife. Ein großer Rothaariger, Kommissar Delvigne, saß auf einer Tischkante und zwirbelte von Zeit zu Zeit seinen Schnurrbart. Ein junger Inspektor kritzelte auf dem Löschpapier. Derjenige, der sprach, war ein kleiner, gedrungener Mann, offensichtlich vom Lande und durch und durch Bauer geblieben.

»Sieben Franc das Stück im Dutzend. Pfeifen, für die man in jedem Laden zwanzig Franc zahlen würde. Und ohne den geringsten Defekt, stimmt's! Dank meinem Schwager, der in der Fabrik in Arlon arbeitet.«

»Man könnte zwei Dutzend für die ganze Brigade bestellen.«

»Genau das habe ich meinem Schwager geschrieben. Übrigens hat er als Fachmann mir einen glänzenden Tip zum Einrauchen der Pfeifen gegeben ...«

Der Kommissar ließ ein Bein in der Luft baumeln. Jedermann verfolgte aufmerksam das Gespräch. Jedermann rauchte. Im grellen Licht der Lampen sah man bläuliche Schwaden ziehen.

»Statt die Pfeife beliebig zu stopfen, packt man den Pfeifenkopf so ...«

Die Tür ging auf. Ein Mann trat ein, der einen anderen vor sich herschob. Der Kommissar warf den Neuankömmlingen einen Blick zu und rief ihnen durch den Saal zu:

»Bist du's, Perronet?«

»Jawohl, Chef.«

Dann zum Pfeifenspezialisten gewandt:

»Mach's kurz ...«

Man ließ den jungen Mann bei der Tür warten, und er mußte sich den ganzen Vortrag über die Kunst, Pfeifen einzurauchen, anhören.

»Willst du auch eine?« wurde Perronet gefragt. »Echte Bruyèrepfeifen für sieben Franc, dank meinem Schwager, der Werkmeister in Arlon ist.«

Endlich sagte der Kommissar laut, ohne seine Stellung zu verändern:

»Kommen Sie mal näher, mein Junge!«

Es war Jean Chabot, die Lippen blutleer und so starren Blicks, daß er einem Nervenzusammenbruch nahe schien. Die anderen betrachteten ihn, rauchten weiter, wobei zwischen ihnen noch ein paar Sätze hin und her gingen. Dann lachten sie sogar noch über einen Scherz.

»Wo hast du ihn aufgegriffen, Perronet?«

»Im ›Gai-Moulin‹ ... Und gerade noch rechtzeitig ... Gerade als er Hundertfranc-Scheine im Klosett verschwinden lassen wollte.«

Niemand fand das weiter verwunderlich. Der Kommissar sah sich um.

»Wer nimmt die Personalien auf?«

Der Jüngste setzte sich an den Tisch, holte einen Vordruck hervor.

»Name, Vornamen, Alter, Beruf, Adresse, Vorstrafen ... Los! Antworten Sie...«

»Chabot, Jean-Joseph-Emile, Angestellter, Rue de la Loi 53 ...«

»Keine Vorstrafen?«

»Nein.«

Man hörte seinen Antworten an, daß ihm die Kehle wie zugeschnürt war.

»Vater?«

»Chabot, Emile, Buchhalter ...«

»Gleichfalls nicht vorbestraft?«

»Ja.«

»Mutter?«

»Elisabeth Doyen, zweiundvierzig Jahre ...«

Niemand hörte zu. Es war der administrative Teil des Verhörs. Der Kommissar mit dem roten Schnurrbart zündete sich gemächlich eine Meerschaumpfeife an, stand auf, ging ein paar Schritte auf und ab, erkundigte sich dann:

»Kümmert sich jemand um den Selbstmord vom Quai de Coronmeuse?«

»Gerbert ist dort.«

»Gut! Nun zu Ihnen, junger Mann ... Und wenn ich Ihnen einen guten Rat geben darf, versuchen Sie nicht, den Schlauen zu spielen. Sie waren gestern abend im ›Gai-Moulin‹, in Begleitung eines gewissen Delfosse, mit dem wir uns später befassen werden. Beide zusammen hattet ihr nicht genug Geld, um eure Zeche zu bezahlen, und schuldetet auch noch das Geld für die Vortage ... Stimmt's?«

Jean Chabot öffnete den Mund, schloß ihn wieder, ohne etwas zu sagen.

»Ihre Eltern sind nicht vermögend. Sie selbst verdienen nicht viel. Trotzdem leben Sie auf ziemlich großem Fuß ... Sie haben so ziemlich überall Schulden ... Stimmt's?«

Der junge Mann senkte den Kopf und fühlte die Blicke der fünf Männer auf sich geheftet.

Der Ton des Kommissars war herablassend, eine Spur verächtlich.

»Sogar im Tabakladen! Gestern hatten Sie dort noch Schulden ... Das kennt man ja, Burschen, die den Schwerenöter spielen wollen, aber nicht die Mittel dazu haben ... Wie oft haben Sie Ihrem Vater Geld aus der Brieftasche geklaut? ...«

Jean wurde knallrot. Dieser Satz traf ihn härter als eine Ohrfeige. Und das Schlimmste war, daß sie zugleich verdient war wie auch wieder nicht.

Im Grunde stimmte alles, was der Kommissar sagte. Aber die Wahrheit, in ein so unbarmherziges Licht gerückt und ohne Berücksichtigung der Umstände, war schon fast keine Wahrheit mehr.

Chabot hatte angefangen, sich mit Freunden im ›Pélican‹ auf ein Glas Bier zu treffen. Er gewöhnte es sich an, weil man sich dort eben traf und das Gefühl enger Zusammengehörigkeit genoß.

Der eine spendierte seine Runde, die nächste ein anderer ... Runden, die sich auf sechs bis zehn Franc beliefen. Es war eine so behagliche Zeit des Tages! Nach der Arbeit im Büro, nach der Nörgelei des Kanzleichefs, da zu sitzen, im vornehmsten Café der Stadt, die Leute zu beobachten, die auf der Rue du Pont-d'Avroy vorbeigingen, sich die Hände zu schütteln und hübsche Frauen zu sehen, welche sich manchmal sogar an den gleichen Tisch setzten.

Stand ihnen nicht ganz Lüttich offen?

Delfosse zahlte mehr Runden als die andern, weil er mehr Geld zur Verfügung hatte.

»Gehen wir heute abend ins ›Gai-Moulin‹ ... Da ist eine phantastische Tänzerin.«

Das war noch berauschender. Die granatroten Bänke. Das Parfüm in der schweren, heißen Luft, dazu die Musik, die Vertraulichkeit Victors und vor allem die Vertraulichkeit der Mädchen mit ihren entblößten Schultern, die ihre Kleider hochhoben, um ihre Strümpfe straffer anzuziehen.

So wurde es allmählich zu einem Bedürfnis. Einmal, ein einziges Mal, hatte Jean, weil er nicht immer die andern bezahlen lassen wollte, Geld entwendet, nicht zu Hause, sondern aus der kleinen Kasse. Er schrieb für eine Anzahl Einschreibesendungen höhere Postgebühren auf ... Kaum zwanzig Franc!

»Ich habe nie meinen Vater bestohlen.«

»Ja, bei ihm gibt's wohl auch nicht viel zu stehlen! ... Zurück zum gestrigen Abend ... Ihr seid beide im ›Gai-Moulin‹ ... Und beide abgebrannt ... Trotzdem habt ihr einer der Tänzerinnen zu trinken spendiert ... Geben Sie mir mal Ihre Zigaretten ...«

Der junge Mann reichte ihm mit verständnislosem Blick das Päckchen.

»Luxor mit Korkmundstück ... Ist's diese Marke, Dubois?«

»Genau die ist's.«

»Gut! Im Lokal ist ein Gast, der reich zu sein scheint, der Champagner trinkt, dessen Brieftasche wohlgefüllt sein dürfte ... Entgegen eurer Gewohnheit verlaßt ihr das Lokal durch die Hintertür ... Und heute hat man auf der Kellertreppe, nicht weit von dieser Tür, zwei Zigarettenstummel und Fußspuren entdeckt, die darauf schließen lassen, daß ihr, statt tatsächlich wegzugehen, euch dort versteckt habt ... Der Fremde ist umgebracht worden ... Im ›Gai-Moulin‹ oder anderswo ... Man hat ihm seine Brieftasche gestohlen ... Ebenso übrigens sein goldenes Zigarettenetui ... Heute habt ihr eure Schulden bezahlt! Und heute abend, vermeintlich in die Enge getrieben, versuchen Sie, Geldscheine im Klo verschwinden zu lassen.«

Das alles trug der Kommissar so gleichgültig vor, als könnte er die Angelegenheit nicht recht ernst nehmen.

Chabot hielt den Blick starr auf den schmutzigen Boden geheftet. Er biß die Zähne so fest zusammen, daß man sie selbst mit einer Messerklinge nicht hätte auseinanderbekommen können.

»Wo habt ihr Graphopulos angegriffen? ... Im Lokal drin? ... Beim Ausgang? ...«

»Das stimmt nicht!« keuchte Jean. »Ich schwöre Ihnen, beim Heil meines Vaters ...«

»Ach, was! Lassen Sie Ihren Vater aus dem Spiel! Der wird ohnehin nichts zu lachen haben ...«

Diese Worte lösten ein krampfartiges Zittern aus. Jean blickte entsetzt um sich. Jetzt erst erfaßte er seine Lage. Ihm wurde klar, daß in ein bis zwei Stunden seine Eltern Bescheid wußten.

»Das ist nicht möglich! Das ist nicht wahr! Ich will nicht!« schrie er.

»Immer mit der Ruhe, junger Mann!«

»Ich will nicht! Ich will nicht! Ich will nicht! ...«

Und er warf sich auf einen Inspektor, der zwischen ihm und der Tür stand. Der Kampf war kurz. Der Bursche wußte nicht einmal, was er wollte. Er war außer sich. Er schrie. Er schluchzte. Und schließlich wand er sich stöhnend am Boden und rang die Hände.

Die andern sahen rauchend zu, wechselten vielsagende Blicke.

»Ein Glas Wasser, Dubois! Hat jemand Tabak für mich?«

Der Inhalt des Wasserglases klatschte ins Gesicht Chabots, dessen Nervenkrise zu einem Weinkrampf abklang. Seine Finger krallten sich in seine Kehle.

»Ich will nicht! Ich will nicht!«

Der Kommissar zuckte die Achseln und brummte:

»Immer dasselbe mit diesen Früchtchen! Und dann muß man sich auch noch um Vater und Mutter kümmern! ...«

Die Situation war durchaus mit der eines Krankenhauses vergleichbar, wenn sich die Ärzte um das Bett eines Patienten versammeln, der verzweifelt mit dem Tod ringt.

Zu fünft standen sie um einen jungen Burschen, einen Halbwüchsigen, herum. Fünf Männer, in den besten Jahren, die schon ganz anderes erlebt hatten und die sich nicht erweichen lassen wollten.

»Los, komm! Steh auf!« sagte der Kommissar ungeduldig.

Und Chabot tat, wie ihm geheißen. Sein Widerstand war gebrochen. Der Anfall hatte ihn entnervt. Angstvoll blickte er um sich, wie ein Tier, das den Kampf aufgibt.

»Ich flehe Sie an ...«

»Sag uns lieber, woher das Geld kommt!«

»Ich weiß nicht ... Ich schwöre ... Ich ...«

»Schwör nicht andauernd!«

Der schwarze Anzug war voller Staub. Und als sich Chabot mit den schmutzigen Händen über das Gesicht fuhr, zog er auf seinen Wangen gräuliche Schmierspuren.

»Mein Vater ist sowieso schon krank ... Ein Herzleiden ... Er hat letztes Jahr einen Anfall gehabt, und der Arzt dringt darauf, daß ihm jede Aufregung erspart wird.«

Er sprach mit monotoner Stimme. Er war ganz benommen.

»Dann hättest du eben keine Dummheiten anstellen sollen, Kleiner! ... Und jetzt packst du besser aus ... Wer hat zugeschlagen? ... Warst du's? War's Delfosse? ... Noch so einer, der auf die schiefe Bahn geraten mußte! ... Und wenn man einen von euch hart anfassen muß, dann ihn!«

Ein weiterer Polizist kam herein, grüßte die anderen

fröhlich und setzte sich an seinen Platz, wo er in einigen Akten blätterte.

»Ja, junger Mann, so kommt man auf die schiefe Bahn ... Also, packen Sie aus! Es ist das Gescheiteste, was Sie tun können ... Man hält es Ihnen vielleicht später zugute.«

Das Telefon klingelte. Alles schwieg, bis auf den Inspektor, der abnahm.

»Hallo! Ja ... Gut! ... Sagen Sie ihm, daß der Leichenwagen gleich vorbeikommt.«

Und zu den anderen gewendet, als er aufgelegt hatte:

»Es geht um das Dienstmädchen, das sich umgebracht hat. Die Herrschaften können die Leiche nicht schnell genug loswerden.«

»Ich habe ihn nicht getötet. Ich wußte noch nicht einmal ...«

»Gut, nehmen wir an, du hast ihn nicht getötet ...«

Nun, da der Kommissar den jungen Mann duzte, gab er sich viel väterlicher.

»Zumindest weißt du etwas ... Das Geld ist nicht von allein in deine Tasche gekommen ... Gestern hattest du noch keines, und heute hast du welches ... Gebt mal einen Stuhl für ihn rüber ...«

Denn Chabot schwankte regelrecht. Er konnte sich nicht mehr aufrecht halten. Er ließ sich auf den Stuhl mit strohgeflochtenem Sitz fallen und stützte den Kopf in beide Hände.

»Laß dir Zeit mit antworten. Laß dir Zeit ... Du mußt dir aber klar machen, daß du so noch immer am besten aus der Sache herauskommst ... Immerhin bist du noch keine Siebzehn ... Du kommst vor den

Jugendrichter ... Und riskierst kaum mehr als das Erziehungsheim ...«

Chabot kam plötzlich eine Idee, und er schaute sich weniger trüben Blicks um. Einen nach dem anderen musterte er seine Peiniger. Keiner ähnelte dem Mann mit den breiten Schultern.

Hatte er sich möglicherweise in ihm getäuscht? Gehörte der Unbekannte tatsächlich zur Polizei? Oder war nicht vielmehr er der Mörder? Er war am Vorabend im ›Gai-Moulin‹ gewesen. Er war noch geblieben, als die beiden jungen Leute gegangen waren!

War er ihnen vielleicht gefolgt, um dafür zu sorgen, daß sie statt seiner verhaftet wurden?

»Ich glaube, ich sehe jetzt klar!« rief er, keuchend vor Hoffnung. »Ja, ich glaube, ich kenne den Mörder ... Ein sehr großer, sehr kräftiger Mann mit glattrasiertem Gesicht.«

Der Kommissar zuckte mit den Schultern. Doch Chabot ließ sich nicht beirren.

»Er kam unmittelbar nach dem Türken ins ›Gai-Moulin‹ ... Er war allein ... Ich habe ihn heute wiedergesehen, als er mir folgte ... Er hat sich auch bei der Gemüsehändlerin über mich erkundigt.«

»Wovon redet er eigentlich?«

Inspektor Perronet knurrte:

»Ich weiß nicht genau. Aber es gab im ›Gai-Moulin‹ tatsächlich einen Gast, den niemand kannte ...«

»Wann ist er gegangen?«

Der Kommissar betrachtete Chabot aufmerksam, der wieder Hoffnung schöpfte, wandte sich dann aber von ihm ab und den andern zu:

»Ja, wie ist die genaue Reihenfolge, in der die Leute gegangen sind?«

»Zuerst die beiden jungen Burschen ... Allerdings ein irreführender Abgang, denn, wie sich herausgestellt hat, haben sie sich im Keller versteckt ... Dann der Eintänzer und die Musiker ... Das Lokal machte zu ... Besagter Mann ging mit Adèle fort, die zum Betrieb gehört.«

»Also waren noch der Patron, Graphopulos und die beiden Kellner da ...«

»Entschuldigung, einer der Kellner, Joseph genannt, war schon mit den beiden Musikern gegangen ...«

»Blieben der Patron, ein Kellner und der Grieche.«

»Und die zwei Burschen im Keller.«

»Was sagt der Patron?«

»Daß der Gast gleich darauf gegangen ist und daß er mit Victor das Licht ausgemacht und die Türen geschlossen hat.«

»Und den andern, von dem Chabot redet, hat man nicht wiedergesehen?«

»Nein! Er ist mir auch als groß und breitschultrig beschrieben worden. Ein Franzose, sagt man. Er hatte nicht den hiesigen Akzent.«

Der Kommissar gähnte, und die Art, wie er seine Pfeife ausklopfte, ließ eine gewisse Ungeduld erkennen.

»Dann ruft mal im ›Gai-Moulin‹ an und fragt Girard, wie es dort steht ...«

Chabot wartete angstvoll. Es war noch schrecklicher als zuvor, weil er jetzt einen schwachen Hoffnungsschimmer sah. Er fürchtete, er könnte sich täuschen.

Diese Angst war qualvoll. Seine Hände umklammerten die Tischkante. Sein Blick wanderte von einem zum andern und immer wieder zum Telefon.

»Hallo! ... Das ›Gai-Moulin‹, bitte, Mademoiselle ...«

Der Inspektor mit der Beziehung zur Pfeifenfabrik benützte die Unterbrechung, um die andern zu fragen:

»Also, abgemacht, ich schreibe an meinen Schwager? ... Ach, übrigens, wollt ihr gerade oder gebogene Pfeifen?«

»Gerade«, erwiderte der Kommissar.

»Zwei Dutzend gerade Pfeifen also. Sagt mal, ihr braucht mich hier wohl nicht mehr, oder? Mein Kind hat die Masern und ...«

»Du kannst gehen.«

Bevor der Inspektor wegging, warf er noch einen Blick auf Jean Chabot und fragte seinen Chef leise:

»Behalten wir ihn da?«

Und der junge Mann, der die Frage gehört hatte, versuchte die Antwort aufzuschnappen, alle Sinne angespannt.

»Weiß ich noch nicht. Jedenfalls bis morgen ... Entscheiden muß die Staatsanwaltschaft ...«

Alle Hoffnung war dahin. Jean erschlaffte. Wenn man ihn morgen erst auf freien Fuß setzte, war es zu spät. Seine Eltern wußten dann alles! Schon jetzt würden sie auf ihn warten, sich Sorgen machen!

Doch er vermochte nicht zu weinen. Alle Kraft hatte ihn verlassen. Nur verschwommen drang das Telefongespräch an sein Ohr.

»Girard? ... Was macht dein Schützling? ... Wie?

Stockbesoffen? ... Ja, der ist noch immer hier ... Nein! ... Er streitet natürlich alles ab! Warte, ich frag den Chef ...«

Und an den Kommissar gewandt:

»Girard fragt, was er tun soll. Der junge Mann ist stockbesoffen ... Er hat Champagner bestellt und trinkt mit der Tänzerin zusammen, die nicht viel besser dran ist als er ... Soll er festgenommen werden?«

Der Chef sah Jean und seufzte.

»Einen haben wir ja schon ... Nein, laßt ihn in Frieden! Vielleicht wird er dann unvorsichtig ... Aber Girard soll ihn nicht aus den Augen lassen! Er braucht uns bloß anzurufen, sobald es soweit ist ...«

Der Kommissar hatte es sich in dem einzigen Sessel des Raumes bequem gemacht, hielt die Augen geschlossen und schien zu schlafen. Doch der Rauchfaden, der aus seiner Pfeife stieg, strafte diesen Eindruck Lügen.

Ein Inspektor fertigte die Reinschrift von Jean Chabots Vernehmungsprotokoll an. Ein anderer schritt auf und ab und wartete ungeduldig darauf, daß es drei wurde und er schlafen gehen konnte.

Es wurde kühler. Selbst der Rauch wirkte kalt. Der junge Mann schlief nicht. Seine Gedanken verirrten sich. Die Ellenbogen aufgestützt, schloß er die Augen, öffnete sie, machte sie wieder zu. Und jedesmal wenn die Lider sich hoben, sah er den gleichen Aktenbogen, mit amtlichem Briefkopf, auf dem in schöner Schreibschrift zu lesen stand:

Hiermit ergeht polizeiliche Strafverfügung gegen Joseph Dumourois, wohnhaft in Flémalle-Haute, wegen Kaninchendiebstahls zum Nachteil von ...

Der Rest war durch eine Schreibunterlage verdeckt.

Telefongeklingel. Der Inspektor, der hin und her lief, nahm ab.

»Ja! ... Gut! ... Einverstanden! ... Ich sag es ihm. Er scheint sich ja gut zu amüsieren ...«

Er ging zum Kommissar hinüber:

»Das war Girard ... Delfosse und die Tänzerin haben ein Taxi genommen und sich zu ihrer Wohnung in der Rue de la Régence fahren lassen. Sie sind zusammen hinaufgegangen. Girard hat Posten bezogen.«

In dem rötlichen Nebel, der sein Gehirn umwölkte, sah Jean Adèles Zimmer vor sich, das bei seinem Besuch ungemacht gewesen war, die Tänzerin, die sich auszog, den Spirituskocher anzündete ...

»Haben Sie mir noch immer nichts zu sagen?« fragte ihn der Kommissar, ohne sich aus seinem Sessel zu rühren.

Er antwortete nicht. Er hatte nicht die Kraft dazu. Er begriff kaum, daß die Frage ihm galt.

Der Kommissar seufzte, sagte dann zum Inspektor:

»Du kannst gehen! Laß mir nur ein bißchen Tabak da.«

»Glauben Sie, Sie erreichen noch was?«

Und er nickte in Richtung der dunklen Umrisse des jungen Mannes, der zusammengesunken dahockte, den Oberkörper auf dem Tisch.

Erneutes Achselzucken.

Und ein großes Loch in Chabots Gedächtnis, ein schwarzes Loch voll wimmelnder dunkler Gestalten, mit roten Funken, die hindurchflogen, ohne etwas zu erhellen.

Er richtete sich auf, als er ein hartnäckiges Klingeln vernahm. Er sah drei große fahle Fenster, gelbliche Lampen, den Kommissar, der sich die Augen rieb, mechanisch nach der erloschenen Pfeife auf dem Tisch griff und mit steifen Beinen zum Telefon ging.

»Hallo! Ja! ... Hallo! ... Die Kriminalpolizei, ja! ... Keineswegs. Alter ... Er ist hier ... Wie? ... Doch, soll er ihn doch besuchen, wenn's ihm Freude macht.«

Der Kommissar zündete sich mit trockenem Mund seine Pfeife an, nahm ein paar bittere Züge, baute sich vor Chabot auf.

»Das war wegen deinem Vater, der dich beim Kommissariat des sechsten Bezirks als vermißt gemeldet hat. Ich glaube, er kommt bald.«

Sonnenstrahlen brachen plötzlich hinter einem der Nachbardächer hervor und tauchten die Scheiben in flammendes Licht, während Hausdiener mit Eimer und Bürste kamen, um die Amtsräume zu säubern.

Diffuse Geräusche drangen vom Markt herüber, der zweihundert Meter weiter gegenüber dem Rathaus stattfand. Die ersten Straßenbahnen verkehrten, bimmelnd, als sei es ihre Aufgabe, die Stadt zu wecken.

Jean Chabot fuhr sich verstörten Blicks langsam mit der Hand durchs Haar.

5

Die Konfrontation

Das rasselnde Atmen verstummte in dem Moment, in dem Delfosse die Augen aufschlug, und sogleich setzte er sich auf, schaute sich ängstlich um.

Die Vorhänge waren nicht zugezogen worden, und die Glühbirne an der Decke brannte noch, vermischte ihren gelben Schein mit dem Tageslicht. Von der Straße drangen die Geräusche geschäftigen Stadtlebens herauf.

Von viel näher kamen gleichmäßige Atemzüge. Es war Adèle, die, bloß halb entkleidet, bäuchlings dalag, den Kopf im Kissen vergraben. Feuchte Wärme ging von ihrem Körper aus. Ein Fuß steckte noch im Schuh, und der hohe Absatz bohrte sich in die goldfarbene Seide der Steppdecke.

René Delfosse fühlte sich schlecht. Seine Krawatte würgte ihn. Er stand auf, um Wasser zu suchen, fand welches in einer Karaffe, ein Glas jedoch nicht. So trank er gierig die laue Flüssigkeit aus dem Krug, betrachtete sich im Spiegel über dem Waschtisch.

Sein Gehirn arbeitete langsam. Die Erinnerungen stellten sich nur nach und nach ein, und lückenhaft. Zum Beispiel erinnerte er sich nicht, wie er in dieses Zimmer gelangt war. Er sah auf seine Uhr. Sie war stehengeblieben, doch die Geschäftigkeit draußen ließ darauf schließen, daß es mindestens neun Uhr war. Eine Bank im Haus gegenüber hatte bereits geöffnet.

»Adèle!« rief er, um nicht mehr allein zu sein.

Sie regte sich, drehte sich mit angezogenen Beinen auf die Seite, wachte aber nicht auf.

»Adèle! ... Ich muß mit dir reden ...«

Er betrachtete sie ohne Verlangen. Im Augenblick ekelte ihn möglicherweise das weiße Fleisch der Frau sogar ein bißchen an.

Sie öffnete ein Auge, zuckte die Achseln, schlief wieder ein. Je klarer er zu denken vermochte, desto nervöser wurde Delfosse. Die unruhig umherschweifenden Augen kamen nirgends zur Ruhe. Er ging zum Fenster und erkannte auf dem gegenüberliegenden Gehsteig den Polizeiinspektor, der dort hin und her ging, ohne die Haustür aus den Augen zu lassen.

»Adèle! ... Um Himmels Willen, wach auf! ...«

Er hatte Angst! Gräßliche Angst! Er hob seine Jakke auf, die auf dem Boden lag, tastete, nachdem er sie angezogen hatte, automatisch die Taschen ab. Sie enthielten keinen Centime!

Er trank abermals, und das Wasser sank schwer und schal in seinen verstimmten Magen. Einen Augenblick meinte er, er müßte sich übergeben und würde dadurch Erleichterung finden, doch es gelang nicht.

Die Tänzerin schlief noch immer, mit wirren Haaren und feuchtglänzendem Gesicht. Ein eigensinniger Schlaf, in den sie sich hartnäckig zu verkriechen schien.

Als Delfosse sich die Schuhe anzog, bemerkte er auf dem Tisch die Handtasche seiner Gefährtin. Da kam ihm ein Gedanke. Er vergewisserte sich, daß der Polizist noch draußen stand. Dann wartete er, bis Adèles Atemzüge wieder regelmäßiger wurden.

Lautlos öffnete er die Handtasche. In einem bunten Durcheinander von Rouge, Puderdose und alten Briefen enthielt sie ungefähr neunhundert Franc, die er einsteckte.

Sie hatte sich nicht gerührt. Auf Zehenspitzen ging er zur Tür. Er ging die Treppe hinunter, doch statt auf die Straße zu treten, wandte er sich zum Hof. Es war der Hof des Lebensmittelgeschäfts, voller Kisten und Fässer. Eine Toreinfahrt führte auf eine andere Straße, auf der Lastwagen warteten.

Delfosse mußte sich zusammennehmen, um nicht zu rennen. Eine halbe Stunde später erreichte er schweißgebadet die Gare des Guillemins.

Inspektor Girard schüttelte dem zu ihm tretenden Kollegen die Hand.

»Was gibt's?«

»Der Kommissar will, daß du ihm den Burschen und die Tänzerin bringst. Hier sind die Vorführungsbefehle.«

»Hat der andere gestanden?«

»Er streitet alles ab! Er erzählt vielmehr eine wirre Geschichte von Geld, das sein Freund in einem Süßwarengeschäft gestohlen haben soll. Sein Vater ist jetzt da. Lustig ist das nicht ...«

»Kommst du mit hinauf?«

»Der Chef hat nichts weiter gesagt ... Warum nicht? ... «

Sie betraten das Gebäude, klopften an die Tür des Zimmers. Niemand antwortete. Daraufhin drehte Inspektor Girard den Türknauf. Die Tür ging auf. Als hätte sie die Gefahr gespürt, wurde Adèle plötzlich wach, stützte sich auf die Ellenbogen und fragte mit belegter Stimme:

»Was ist los?«

»Polizei. Ich habe einen Vorführungsbefehl für euch beide ... Aber, zum Donnerwetter, wo ist der Bursche hin?«

Sie blickte sich ebenfalls nach ihm um, während sie die Beine aus dem Bett schob. Eine Art Instinkt ließ sie nach ihrer Handtasche ausschauen, und als sie sie offen sah, griff sie eiligst danach, durchsuchte sie fieberhaft und stieß hervor:

»Der Schuft! Er ist mit meinem Geld abgehauen! ...«

»Wußten Sie nicht, daß er weg ist?«

»Ich habe geschlafen ... Aber das wird er mir büßen! Seht euch diese Gauner von Herrensöhnchen an! ...«

Girard hatte ein goldenes Zigarettenetui auf dem Nachttisch entdeckt.

»Wem gehört das?«

»Er muß es vergessen haben ... Er hatte es gestern abend in den Händen ...«

»Ziehen Sie sich an!«

»Bin ich verhaftet?«

»Ich habe jedenfalls einen Vorführungsbefehl für eine gewisse Adèle Bosquet, von Beruf Tänzerin. Ich nehme an, daß Sie das sind?«

»Na gut!«

Sie war nicht besonders erschreckt. Ihre Hauptsorge schien nicht die Verhaftung zu sein, sondern der Diebstahl, dessen Opfer sie geworden war.

Und sogar noch während sie sich das Haar vor dem Spiegel richtete, wiederholte sie zwei- oder dreimal:

»Dieser Schuft! ... Und ich habe seelenruhig geschlafen ...«

Die beiden Polizisten sahen sich mit erfahrenen Augen um, warfen sich vielsagende Blicke zu.

»Glauben Sie, es dauert länger?« erkundigte sie sich weiter. »Weil ich sonst nämlich Wäsche zum Wechseln mitnehme ...«

»Keine Ahnung! Wir führen nur Befehle aus!«

Sie zuckte die Achseln und seufzte:

»Da ich mir nichts vorzuwerfen habe ...«

Und, zur Tür tretend:

»Ich warte ... Haben Sie denn wenigstens einen Wagen? ... Nicht? ... Dann gehe ich lieber allein. Sie brauchen mir bloß zu folgen.«

Wütend ließ sie den Verschluß ihrer Handtasche zuschnappen, die sie mitnahm, während der Inspektor das Zigarettenetui in seine Tasche gleiten ließ.

Als sie draußen waren, schlug sie von allein den Weg zum Polizeirevier ein, wo sie ohne zu zögern eintrat und erst im breiten Flur stehenblieb.

»Hier entlang!« sagte Girard. »Einen Augenblick! Ich frage den Chef, ob ...«

Ein mißratenes Manöver. Sie war schon hineingegangen! Und auf den ersten Blick erfaßte sie die Situation. Offensichtlich wartete man auf sie, denn alle waren untätig. Der Kommissar mit dem roten Schnurrbart ging auf und ab. Chabot, die Ellenbogen auf einen Schreibtisch aufgestützt, versuchte, ein Sandwich zu essen, das man ihm gebracht hatte. Sein Vater stand mit gesenktem Kopf in einer Ecke.

»Und der andere?« fragte der Kommissar, als er Adèle in Begleitung Girards eintreten sah.

»Entwischt! Er muß durch die Hintertür abgehauen sein. Nach Auskunft von Mademoiselle hat er den Inhalt ihrer Handtasche mitgehen lassen ...«

Chabot wagte niemanden anzusehen. Er hatte sein kaum angebissenes Sandwich wieder hingelegt.

»Schöne Gauner, Kommissar! ... Das soll mir nochmal passieren, nett zu solchen ausgekochten Bürschchen zu sein.«

»Langsam! Immer langsam! Und beschränken Sie sich darauf, meine Fragen zu beantworten.«

»Immerhin hat er meine ganzen Ersparnisse mitgehen lassen!«

»Halten Sie bitte den Mund!«

Girard redete leise mit dem Kommissar, übergab ihm das goldene Zigarettenetui.

»Sagen Sie mir zunächst, wie dieser Gegenstand in Ihr Zimmer gelangt ist. Ich nehme an, daß Sie ihn kennen. Sie haben mit Graphopulos seinen letzten Abend verbracht. Er hat sich mehrmals aus diesem Etui bedient, das verschiedenen Personen auffiel. Hat er es Ihnen gegeben?«

Sie sah Chabot an, dann den Kommissar und sagte:

»Nein!«

»Also, wieso wurde es dann bei Ihnen gefunden?«

»Es war Delfosse ...«

Da schnellte Chabots Kopf hoch, er wollte aufspringen, setzte an: »Das ist nicht wahr! Sie ...«

»He, setzen Sie sich wieder hin! Sie behaupten also, Mademoiselle, daß dieses Etui sich im Besitz von René Delfosse befunden hat. Sind Sie sich darüber im klaren, wie schwerwiegend diese Anschuldigung ist?«

Sie lachte höhnisch.

»Und wie! ... Hat er mir vielleicht nicht das Geld geklaut, das in meiner Handtasche war, der ...«

»Kennen Sie ihn schon lange?«

»Drei Monate vielleicht ... Seit er mit diesem komischen Vogel fast täglich ins ›Gai-Moulin‹ kommt ... Oft in der Kreide, übrigens ... Ich hätte ihnen nie trauen sollen ... Aber Sie wissen ja, wie das so ist. Sie waren jung! Es war erholsam, mit ihnen ein Schwätzchen zu machen. Ich hab sie wie Kumpane behandelt. Und wenn sie mir ein Glas spendiert haben, hab ich auch noch darauf geachtet, daß es nicht zu teuer war.«

Ihr Blick war hart.

»Hatten Sie mit beiden ein Verhältnis?«

Sie lachte auf.

Sie prustete los.

»Nicht einmal! Sie hätten zweifellos gerne ... Aber sie redeten bloß um den heißen Brei herum, ohne mit der Sprache herauszurücken. Sie besuchten mich zu Hause, jeder für sich, unter einem Vorwand um mir beim Anziehen zuzugucken ...«

»Am Abend des Verbrechens tranken Sie mit Graphopulos Champagner. Hatten Sie mit ihm ausgemacht, daß Sie hinterher mit ihm gehen würden?«

»Für wen halten Sie mich? ... Ich bin Tänzerin ...«

»Animierdame, um genau zu sein ... Wir wissen alle, was das heißt. Sind Sie mit ihm weggegangen?«

»Nein!«

»Hat er Ihnen Anträge gemacht?«

»Ja und nein. Er redete davon, daß ich ihn in seinem Hotel aufsuchen sollte, ich weiß nicht einmal mehr wo. Ich hab gar nicht hingehört ...«

»Sie sind aber nicht allein weggegangen.«

»Ja. Gerade, als ich an der Tür war, kam ein anderer Gast, den ich nicht kenne und der Franzose sein muß, und hat mich gefragt, wo die Place Saint-Lambert ist. Ich habe ihm gesagt, ich hätte den gleichen Weg. Er hat mich ein Stück begleitet und dann plötzlich erklärt: ›Oh! Ich habe meinen Tabak in der Bar vergessen ...!‹ Und er hat auf dem Absatz kehrtgemacht.«

»War er ziemlich korpulent?«

»Ja, genau!«

»Sind Sie geradewegs nach Hause gegangen?«

»Wie jede Nacht.«

»Und von dem Verbrechen haben Sie am nächsten Tag in der Zeitung gelesen?«

»Der Bursche da war bei mir ... Er hat es mir erzählt ...«

Schon zwei- oder dreimal hatte Chabot sie unterbrechen wollen, aber jedesmal hatte ihn ein Blick des Kommissars innehalten lassen. Sein Vater stand noch immer am selben Fleck.

»Sie haben also keine Ahnung, wie dieser Mord passiert sein könnte?«

Sie antwortete nicht sofort.

»Reden Sie schon! Chabot hat eben gestanden, daß er an diesem Abend mit seinem Freund zusammen auf der Kellertreppe des ›Gai-Moulin‹ versteckt war.«

Sie lachte spöttisch.

»Er behauptet, sie hätten es beide lediglich auf die Kasse abgesehen. Als sie ungefähr eine Viertelstunde nach Schließung des Lokals den Saal betraten, hätten sie Graphopulos' Leiche erblickt ...«

»Im Ernst?«

»Wer könnte Ihrer Meinung nach die Tat begangen haben? Warten Sie! Wir haben es mit einer begrenzten Anzahl möglicher Schuldiger zu tun. Da ist zunächst Génaro, der Wirt. Er behauptet, er sei gleich nach Ihnen zusammen mit Victor gegangen. Er gibt an, Graphopulos sei dann schon fort gewesen.«

Sie zuckte die Achseln, während Chabot sie zugleich grimmig und flehend ansah.

»An eine mögliche Schuld von Génaro oder Victor glauben Sie nicht?«

»Blödsinnig!« kommentierte sie gleichmütig.

»Bleibt nur noch der unbekannte Gast, der Sie angeblich ein paar Schritte begleitet hat. Er könnte noch einmal zurückgekommen sein, allein oder in Ihrer Begleitung ...«

»Und wie wäre er hineingekommen?«

»Sie arbeiten lange genug dort, um sich einen Nachschlüssel besorgt zu haben.«

Erneutes Achselzucken.

»Immerhin hatte Delfosse das Zigarettenetui!« erwiderte sie. »Und er hat sich versteckt!«

»Das ist nicht wahr! Das Etui war am nächsten morgen bei Ihnen!« schrie Chabot. »Ich habe es gesehen! Ich schwöre es! ...«

Sie wiederholte:

»Es war Delfosse!«

Im Nu war das schönste Wortgefecht im Gange, das durch die Ankunft eines Polizisten unterbrochen wurde, der leise mit dem Kommissar sprach.

»Lassen Sie ihn eintreten!«

Herein kam ein gutbürgerlicher Herr von ungefähr fünfzig Jahren mit Schmerbauch und quer darüber einer dicken Uhrkette. Er verspürte das Bedürfnis, eine würdevolle, ja feierliche Miene aufzusetzen.

»Man hat mich ersucht vorbeizukommen ...«, begann er und blickte sich erstaunt um.

»Sie sind Monsieur Lasnier!« unterbrach ihn der Kommissar. »Setzen Sie sich bitte! Sie müssen entschuldigen, daß ich Sie bemüht habe, aber ich würde gerne erfahren, ob Sie im Laufe des gestrigen Tages bemerkt haben, daß Ihnen Geld in der Ladenkasse fehlte.«

Der Süßwarenhändler aus der Rue Léopold machte große Augen, wiederholte:

»In meiner Ladenkasse?«

Vater Chabot beobachtete ihn ängstlich, als hinge von dieser Antwort sein Urteil über den ganzen Fall ab.

»Ich nehme an, wenn beispielsweise zweitausend Franc gefehlt hätten, dies nicht unbemerkt geblieben wäre?«

»Zweitausend Franc? ... Wirklich, ich verstehe nicht ...«

»Macht nichts. Beantworten Sie einfach meine Frage! Haben Sie einen Fehlbetrag in der Kasse festgestellt?«

»Keineswegs!«

»Hat nicht Ihr Neffe Sie gestern aufgesucht?«

»Warten Sie! Doch, ich glaube, er ist vorbeigekommen, wie er es von Zeit zu Zeit tut ... Weniger um mich zu sehen, als um sich mit Schokolade einzudecken ...«

»Und Sie haben nie bemerkt, daß Ihr Neffe Geld aus der Kasse genommen hat?«

Der Süßwarenhändler war empört, schien die andern zu Zeugen aufzurufen für den Schimpf, den man seiner Familie zufügte.

»Mein Schwager hat Geld genug, um seinem Sohn zu geben, was er braucht.«

»Entschuldigen Sie, Monsieur Lasnier. Ich danke Ihnen.«

»Mehr wollten Sie mich nicht? ...«

»Mehr wollte ich Sie nicht fragen.«

»Aber was ließ Sie bloß glauben? ...«

»Im Augenblick kann ich Ihnen nichts sagen ... Girard! Begleiten Sie Monsieur Lasnier bitte hinaus ...«

Und der Kommissar nahm seine Wanderung wieder auf, während Adèle sich unverfroren erkundigte:

»Werde ich hier noch gebraucht?«

Der Kommissar warf ihr einen Blick zu, der Bände sprach und sie verstummen ließ. Mehr als zehn Minuten lang herrschte Schweigen. Offensichtlich wartete man auf irgend jemand oder irgend etwas. Monsieur Chabot wagte nicht zu rauchen. Er wagte nicht, seinen Sohn anzusehen. Er fühlte sich hier so gehemmt, wie ein armer Patient im Wartezimmer eines berühmten Arztes.

Jean seinerseits folgte dem Kommissar mit seinen Blicken und war jedesmal versucht, ihn anzusprechen, wann immer er an ihm vorbeikam.

Endlich waren Schritte auf dem Flur zu hören. Es wurde an die Tür geklopft.

»Herein!«

Zwei Männer traten ein: Génaro, klein und untersetzt, in einem hellen Anzug mit Halbgürtel, und Victor, den Chabot noch nie im Straßenanzug gesehen hatte und der, ganz in Schwarz, wie ein Geistlicher aussah.

»Ich bekam Ihre Vorladung vor einer Stunde ...«, begann der Italiener zungenfertig.

»Ich weiß, ich weiß! Sagen Sie mir lieber, ob Sie heute nacht Graphopulos' Zigarettenetui in René Delfosses Händen gesehen haben?«

Génaro machte eine kleine entschuldigende Verbeugung.

»Persönlich gebe ich mich wenig mit den Gästen ab, aber Victor wird Ihnen sagen können ...«

»Schön! Also beantworten Sie meine Frage!«

Jean sah dem Kellner in die Augen. Sein Atem ging schwer. Doch Victor schlug lammfromm die Augen nieder und murmelte:

»Ich möchte diesen jungen Leuten nicht Unrecht

tun, da sie immer sehr freundlich zu mir gewesen sind. Aber ich nehme an, daß ich die Wahrheit sagen muß, nicht wahr?«

»Antworten Sie mit Ja oder Nein!«

»Also, ja ... Er hatte es ... Ich hätte ihm sogar noch beinah geraten, etwas vorsichtiger zu sein.«

»Hat man schon so etwas gehört!« empörte sich Jean. »Das ist die Höhe! Schämen Sie sich nicht, Victor? ... Hören Sie, Herr Kommissar ...«

»Ruhe! Sagen Sie mir jetzt, was Sie von der Finanzlage der jungen Leute halten.«

Daraufhin Victor, verlegen, seufzte gleichsam widerstrebend:

»Gewiß waren sie mir immer ein bißchen Geld schuldig ... Und nicht bloß ihre Zechen! Es kam vor, daß sie mich um kleinere Summen angingen.«

»Welchen Eindruck hat Graphopulos auf Sie gemacht?«

»Ein reicher Ausländer auf der Durchreise. Das sind die besten Kunden. Er hat sofort Champagner bestellt, ohne nach dem Preis zu fragen. Fünfzig Franc Trinkgeld hat er mir gegeben.«

»Und Sie haben mehrere Tausendfrancscheine in seiner Brieftasche gesehen?«

»Ja, sie war gut gefüllt ... Vor allem französische Scheine ...«

»Ist Ihnen sonst noch etwas aufgefallen?«

»Seine Krawattennadel hatte einen schönen Brillanten.«

»Wann ist er gegangen?«

»Kurz nach Adèle, die von einem anderen Gast begleitet wurde. So ein dicker, der bloß Bier getrunken und mir zwanzig Sou Trinkgeld gegeben hat. Ein Franzose! Er hat französischen Knaster geraucht.«

»Sie waren dann mit Ihrem Chef allein?«

»Nur bis wir das Licht ausgemacht und die Tür abgeschlossen hatten.«

»Anschließend sind Sie direkt nach Hause gegangen?«

»Wie immer! Monsieur Génaro ist in die Rue Haute-Sauvenière eingebogen, in der er wohnt.«

»Am Morgen, als Sie zum Dienst antraten, haben Sie keinerlei Unordnung im Saal festgestellt?«

»Nichts ... Es war nirgends Blut. Die Reinmachefrauen waren da, und ich habe sie beaufsichtigt ...«

Génaro hörte nur mit einem Ohr hin, als ginge ihn das alles gar nichts an. Der Kommissar wandte sich ihm zu:

»Stimmt es, daß Sie im allgemeinen die Einnahmen abends in der Kassenschublade lassen?«

»Wer hat Ihnen das gesagt?«

»Spielt keine Rolle! Antworten Sie auf meine Frage!«

»Keineswegs! Ich nehme das Geld mit, nur das Kleingeld bleibt da.«

»Wieviel ist das?«

»Im Durchschnitt etwa fünfzig Franc in Münzen, die in der Schublade bleiben.«

»Das ist nicht wahr!« Jean Chabot brüllte buchstäblich. »Zehn-, zwanzigmal habe ich ihn davongehen sehen, ohne ...«

Darauf Génaro:

»Wie? Behauptet *er*, daß ich ...?«

Er sah aufrichtig erstaunt aus. Dann wandte er sich nach der jungen Frau um:

»Adèle kann es Ihnen bestätigen.«

»Natürlich.«

»Unverständlich ist mir beispielsweise, wie die jungen Leute zu der Behauptung kommen, sie hätten die Leiche im Lokal drin gesehen. Graphopulos ist vor mir gegangen. Er konnte nicht wieder herein. Das Verbrechen ist draußen begangen worden, ich weiß nicht, wo. Es tut mir leid, daß ich so kategorisch sein muß. Auch sie sind Kunden ... Ich hatte sogar eine gewisse Sympathie für sie ... Der beste Beweis dafür ist, daß ich ihnen Kredit gab. Aber was wahr ist, muß wahr bleiben, und der Fall ist ernst genug, um ...«

»Vielen Dank!«

Nach kurzem Zögern erkundigte sich Génaro:

»Kann ich gehen?«

»Sie und Ihr Kellner, ja! Wenn ich Sie noch brauche, lasse ich es Sie wissen.«

»Ich nehme an, es spricht nichts dagegen, daß das Lokal geöffnet bleibt?«

»Nicht das geringste.«

Nun fragte Adèle:

»Und ich?«

»Gehen Sie nach Hause.«

»Ich bin entlassen?«

Der Kommissar antwortete nicht. Er war nachdenklich. Unablässig streichelte er den Kopf seiner Pfeife. Als die drei draußen waren, hinterließen sie eine Leere.

Nur der Kommissar, Jean Chabot und sein Vater blieben zurück. Und alle schwiegen sie. Als erster sprach Monsieur Chabot. Er zögerte lange. Schließlich räusperte er sich:

»Entschuldigen Sie ... Glauben Sie wirklich ...?«

»Was?« erwiderte der andere mürrisch.

»Ich weiß nicht ... Ich habe den Eindruck ...«

Und er ergänzte seinen ungewissen Eindruck durch eine ungewisse Geste, die soviel besagte wie:

›Mir scheint, mit der ganzen Geschichte stimmt etwas nicht. Da ist etwas faul, dubios ...‹

Jean war aufgestanden. Er hatte sich etwas aufgerafft und wagte es, seinen Vater anzusehen.

»Sie lügen alle!« sagte er mit klarer Stimme. »Das schwöre ich! Glauben Sie mir das, Herr Kommissar?«

Keine Antwort.

»Glaubst du mir, Vater?«

Monsieur Chabot wandte erst den Kopf ab, dann stammelte er:

»Ich weiß nicht.«

Schließlich gewann sein gesunder Menschenverstand die Oberhand:

»Wen man finden müßte, das ist dieser Franzose, von dem alle reden.«

Der Kommissar schien noch unschlüssig zu sein, denn er ging mit großen Schritten aufgebracht umher.

»Jedenfalls ist Delfosse verschwunden«, knurrte er, mehr zu sich selbst als zu den andern.

Weiter auf und ab gehend, meinte er dann:

»Und zwei Zeugen behaupten, daß das Zigarettenetui in seinem Besitz war!«

Ohne seine Wanderung zu unterbrechen, führte er seine Überlegungen fort.

»Und ihr wart beide im Keller! ... Und heute nacht haben Sie versucht, Hundertfrancscheine im Klosett verschwinden zu lassen ... und ...«

Er blieb stehen, sah von einem zum anderen.

»Bis zum Schokoladehändler, der darauf besteht, daß ihm kein Geld gestohlen wurde.«

Er ging hinaus, ließ sie allein. Doch sie nützten die Gelegenheit nicht. Als der Kommissar zurückkam, waren Vater wie Sohn an ihrem ursprünglichen Platz, fünf Meter voneinander, jeder in verbissenes Schweigen gehüllt.

»Nichts zu machen! Ich habe eben mit dem Untersuchungsrichter telefoniert. Fortan hat er bei den Ermittlungen das entscheidende Wort. Er will nichts davon hören, Sie vorläufig auf freien Fuß zu setzen. Wenn Sie eine Vergünstigung zu erbitten haben, wenden Sie sich bitte an Richter de Conninck ...«

»Francois?«

»Ja, ich glaube, so heißt er mit Vornamen.«

Worauf der Vater leise, befangen murmelte:

»Wir waren zusammen auf dem Gymnasium.«

»Nun, dann suchen Sie ihn auf, wenn Sie meinen, daß das einen Zweck hat. Allerdings, so wie ich ihn kenne, bezweifle ich das. Auf seinen Befehl hin soll ich Ihren Sohn ins Gefängnis Saint-Léonard bringen lassen.«

Diese Worte hatten einen bedrohlichen Klang. Bisher war noch nichts endgültig gewesen.

Das Gefängnis Saint-Léonard! Ein scheußliches

schwarzes Gebäude gegenüber dem Pont-Maguin, das das ganze Viertel verschandelte mit seinen mittelalterlichen Türmchen, seinen Schießscharten, seinen Eisengittern.

Jean, leichenblaß, blieb stumm.

»Girard!« rief der Kommissar und öffnete eine Tür. »Holen Sie sich zwei Beamte, den Wagen ...«

Mehr Worte waren nicht erforderlich. Sie warteten.

»Es kann nichts schaden, wenn Sie Monsieur de Conninck aufsuchen«, meinte der Kommissar, um das Schweigen zu brechen. »Nachdem Sie mit ihm zur Schule gingen ...«

Doch seine Miene verriet deutlich, was er dachte: Er ermaß den Unterschied zwischen dem Magistraten, Sohn einer Magistratenfamilie, mit den angesehensten Notablen der Stadt verwandt, und dem Buchhalter, dessen Sohn selbst zugab, daß er in ein Nachtlokal einbrechen wollte.

»Alles bereit, Chef«, kam der Inspektor melden. »Ist es nötig? ...«

Etwas blinkte in seinen Händen. Der Kommissar zuckte zustimmend die Achseln.

Es war eine rasche, gewohnheitsmäßige Bewegung, so rasch, daß sie dem Vater erst bewußt wurde, als sie schon geschehen war. Girard hatte Jeans Hände ergriffen. Ein stählernes Klicken.

»Hier entlang!«

Handschellen! Und zwei Polizeibeamte in Uniform, die draußen vor einem Wagen warteten.

Jean machte ein paar Schritte. Es sah aus, als würde er ohne ein Wort gehen. Doch an der Tür drehte er sich noch einmal um. Seine Stimme war kaum zu erkennen:

»Ich schwöre dir, Vater ...«

»Hört mal, noch einmal wegen der Pfeifen ... Ich habe mir heute morgen gedacht, wenn wir drei Dutzend bestellen würden ...«

Es war der Inspektor mit dem Pfeifenschwager, der eingetreten war, ohne zunächst etwas zu bemerken, dann plötzlich den Rücken des jungen Mannes sah, ein Handgelenk, das Blinken der Handschellen, und der sich unterbrach:

»Ist's soweit?«

Seine Handbewegung sagte soviel wie: ›Eingelocht?‹

Der Kommissar zeigte auf Monsieur Chabot, der sich hingesetzt hatte, den Kopf in beiden Händen hielt, schluchzte wie eine Frau.

Der andere fuhr daraufhin gedämpft fort:

»Abnehmer für das restliche Dutzend werden wir zu dem Preis in den anderen Abteilungen leicht finden! ...«

Eine Wagentür wurde zugeschlagen. Ein Anlasser surrte.

Verlegen sagte der Kommissar zu Monsieur Chabot:

»Wissen Sie, es ist ja noch nichts endgültig ...«

Dann, sich in eine Lüge flüchtend:

»... und wo Sie mit Monsieur de Conninck befreundet sind.«

Und der Vater, schon auf dem Weg nach draußen, deutete ein mühsames Lächeln des Dankes an.

6

Der Flüchtige

Um ein Uhr erschienen die Lokalzeitungen und alle hatten sie auf der ersten Seite den gleichen sensationellen Aufmacher. In der ›Gazette de Liège‹, dem bürgerlichen Blatt, hieß es:

DER WEIDENKOFFER-FALL

Das Verbrechen wurde von zwei verdorbenen jungen Männern begangen …

In der ›Wallonie socialiste‹ stand hingegen zu lesen:

DAS VERBRECHEN ZWEIER BÜRGERSÖHNE …

Man berichtete von Jean Chabots Verhaftung ebenso wie von Delfosses Flucht. Bereits gab es eine Fotografie vom Haus in der Rue de la Loi.

Und dazu war zu lesen:

… *Gleich nach der ergreifenden Zusammenkunft mit seinem Sohn in den Räumen der Kriminalpolizei hat sich Monsieur Chabot in sein Haus zurückgezogen und lehnt jede Stellungnahme ab. Madame Chabot ist von den Ereignissen so mitgenommen, daß sie das Bett hüten muß ...*

Wir konnten Monsieur Delfosse bei seiner Rückkehr aus Huy erreichen, wo er Fabriken besitzt. Monsieur Delfosse ist eine dynamische Persönlichkeit, etwa fünfzigjährig, mit stets nüchternem Blick. Er hat den Schock gefaßt aufgenommen. Er glaubt nicht an eine Schuld seines Sohnes und hat die Absicht, sich persönlich mit dem Fall zu befassen ...

Im Gefängnis Saint-Léonard hat man uns mitgeteilt, daß Jean Chabot sehr ruhig ist. Er erwartet den Besuch seines Anwalts, bevor er vor dem Untersuchungsrichter de Conninck erscheint, der den Fall bearbeitet ...

Die Rue de la Loi war ruhig, wie gewöhnlich. Man sah Kinder, die den Schulhof betraten, wo sie spielten, bis der Unterricht begann.

Zwischen den Pflastersteinen wuchsen Grasbüschel, und beim Haus Nummer 48 schrubbte eine Frau ihre Türschwelle mit einer Wurzelbürste.

Als einziges Geräusch gab es die vereinzelten Hammerschläge eines Kupferschmiedes.

Aber häufiger als gewohnt gingen Türen auf. Jemand steckte den Kopf heraus, warf einen Blick in die Richtung von Nummer 53. Man wechselte ein paar Worte von Tür zu Tür.

»Wer hätte ihm so etwas zugetraut! Er ist doch noch ein Bub ... Wenn ich daran denke, daß er vor nicht allzu langer Zeit mit meinem Jungen auf der Straße spielte ...«

»Ich sagte noch zu meinem Mann, als ich ihn zweimal betrunken nach Hause kommen sah ... In seinem Alter! ...«

Etwa jede Viertelstunde wurde an der Tür der Chabots geklingelt. Die polnische Studentin ging jeweils öffnen.

»Monsieur und Madame Chabot sind nicht da«, sagte sie mit starkem Akzent.

»›Gazette de Liège‹. Bestellen Sie Ihnen bitte ...«

Und der Reporter verrenkte sich den Hals, um irgend etwas im Innern zu erspähen. Flüchtig nahm er die Küche war, den Rücken eines sitzenden Mannes.

»Es ist zwecklos ... Sie sind nicht da ...«

»Trotzdem ...«

Sie schloß die Tür. Der Journalist begnügte sich damit, die Nachbarn zu befragen.

Eine Zeitung brachte einen Untertitel, der die Akzente anders setzte als die übrigen:

WO IST DER MANN MIT DEN BREITEN SCHULTERN?

Und der Text dazu lautete:

Jedermann scheint bislang an die Schuld von Chabot und Delfosse zu glauben. Ohne sie verteidigen zu wollen und unter objektiver Berücksichtigung der Gegebenheiten, sei es uns indessen gestattet, uns über das Verschwinden eines wichtigen Zeugen zu wundern: jenes Gastes mit den breiten Schultern, der sich in der Tatnacht im ›Gai-Moulin‹ aufhielt.

Nach Auskunft eines der Kellner soll er Franzose sein, der erst- und letztmals an diesem Abend in dem Lokal gesehen wurde. Hat er die Stadt bereits verlassen? Hat er Gründe, eine Befragung durch die Polizei zu vermeiden?

Diese Fährte ist vielleicht nicht unerheblich, und falls die beiden jungen Leute unschuldig sein sollten, wäre zweifellos aus dieser Richtung einige Aufklärung zu erwarten.

Im übrigen glauben wir zu wissen, daß Kommissar Delvigne, der die Ermittlungen in enger Zusammenarbeit mit dem Untersuchungsrichter führt, der Fremden- und der Verkehrspolizei die erforderlichen Weisungen gegeben hat, auf daß der mysteriöse Gast des ›Gai-Moulin‹ gefunden werde …

Die Zeitung erschien kurz vor zwei Uhr. Um drei erschien ein korpulenter Mann mit rot geäderten Wangen bei der Polizei, verlangte nach Kommissar Delvigne und erklärte:

»Ich bin Geschäftsführer des ›Hotel Moderne‹ in der Rue du Pont-d'Avroy. Ich habe eben die Zeitungen gelesen und glaube, daß ich Ihnen Hinweise zu dem Mann geben kann, den Sie suchen.«

»Den Franzosen?«

»Ja. Und auch zum Opfer. Im allgemeinen kümmere ich mich nicht um Zeitungsgeschreibsel, deswegen komme ich erst jetzt. Warten Sie … Welchen Tag haben wir heute? Freitag … Dann war es also am Mittwoch … Das Verbrechen ist doch am Mittwoch begangen worden, oder? Ich war nicht da … Ich hatte geschäftlich in Brüssel zu tun ... Es kam ein Gast an, der einen starken ausländischen Akzent hatte und als einziges Gepäckstück ein Köfferchen aus Schweinsleder mit sich führte. Er hat ein großes Zimmer zur Straße hin verlangt und ist sofort hinaufgegangen ... Einige Minuten später nahm ein anderer Gast das Nachbarzimmer ...

Gewöhnlich lassen wir die Anmeldung gleich bei der Ankunft ausfüllen ... Ich weiß nicht, warum das diesmal nicht geschah. Um Mitternacht bin ich zurückgekommen. Ich warf einen Blick auf das Schlüsselbrett.

›Haben Sie die Anmeldungen?‹ habe ich die Kassiererin gefragt.

›Bis auf die von zwei Reisenden, die gleich nach ihrer Ankunft wieder weggegangen sind.‹

Am Donnerstagmorgen war nur einer der beiden zurück. Ich habe mir keine Gedanken um den anderen gemacht, sondern mir gedacht, daß er irgendein galantes Abenteuer erlebt.

Im Laufe des Tages bin ich dem Mann nicht begegnet, und heute früh sagte man mir, er habe seine Rechnung bezahlt und sei abgereist.

Als die Kassiererin ihn bat, noch seine Anmeldung auszufüllen, zuckte er bloß die Achseln und brummte, das sei nicht mehr die Mühe wert.«

»Entschuldigung!« warf der Kommissar ein. »War das derjenige, der als der Mann mit breiten Schultern beschrieben wird?«

»Ja ... Er hat das Hotel mit seiner Reisetasche gegen neun Uhr verlassen ...«

»Und der andere?«

»Da er nicht zurückgekommen ist, bin ich mit Hilfe des Nachschlüssels, den wir für Notfälle haben, neugierig in sein Zimmer gegangen. Dabei sah ich auf dem schweinsledernen Köfferchen einen eingeprägten Namen: *Ephraim Graphopulos.* So habe ich erfahren, daß der Ermordete im Weidenkoffer mein Hotelgast war...«

»Wenn ich richtig verstanden habe, sind sie am Mittwochnachmittag angekommen, einige Stunden vor dem Verbrechen, einer nach dem anderen. Als wären sie mit demselben Zug gekommen, eigentlich!«

»Ja, mit dem Schnellzug aus Paris.«

»Und sie sind abends kurz nacheinander ausgegangen.«

»Ohne ihre Anmeldung ausgefüllt zu haben!«

»Nur der Franzose ist zurückgekommen und heute morgen verschwunden.«

»Genau! Es wäre mir lieb, wenn der Name des Hotels möglichst nicht veröffentlicht würde, weil es Gäste gibt, die sich davon beeindrucken lassen.«

Leider erzählte zur gleichen Stunde einer der Kellner des ›Hôtel Moderne‹ genau dieselbe Geschichte einem Journalisten. Um fünf Uhr war in den Abendausgaben aller Blätter zu lesen:

Der Fall nimmt eine neue Wendung:
Ist der Mann mit den breiten Schultern
der Mörder?

Es war ein prächtiger Tag. Das Leben pulste in den sonnenhellen Straßen der Stadt.

Allenthalben hielten die Polizisten unter den Passanten Ausschau nach dem gesuchten Franzosen.

Am Bahnhof stand hinter jedem Beamten am Fahrkartenschalter ein Polizeiinspektor, und die Reisenden wurden von Kopf bis Fuß unter die Lupe genommen.

In der Rue du Pont-d'Or lud ein Lastwagen vor dem ›Gai-Moulin‹ Champagnerkisten ab, die eine nach der anderen in den Keller geschafft wurden, quer durch den Saal, der in kühlem Halbdunkel lag.

Génaro überwachte das Manöver, in Hemdsärmeln und wie üblich eine Zigarette zwischen den Lippen.

Und er zuckte bloß die Achseln, wenn er sah, wie Passanten stehenblieben und erschauernd murmelten:

»Hier ist's ...«

Sie versuchten ins Innere zu spähen, wo im Halbdunkel kaum mehr zu erkennen war als die granatroten Plüschbänke und die Marmortische.

Um neun wurden die Lampen eingeschaltet, und die Musiker stimmten ihre Instrumente. Um viertel nach neun saßen sechs Journalisten an der Bar, leidenschaftlich diskutierend.

Um halb zehn war der Saal mehr als zur Hälfte besetzt, was sonst nicht mal jedes Jahr einmal vorkam. Nicht nur waren da alle jungen Leute, die gewöhnlich in Nacht- und Tanzlokalen verkehrten, sondern auch gesetzte Herrschaften, die zum ersten Mal in ihrem Leben einen Fuß in ein verrufenes Etablissement setzten. Die Neugier hatte sie hergetrieben. Niemand tanzte. Man beäugte den Patron, Victor, den Eintänzer. Jedermann suchte die Toilette auf, um die berüchtigte Kellertreppe in Augenschein zu nehmen.

»*Allons!* Los!« spornte Génaro seine Kellner an, die dem Ansturm nicht gewachsen waren.

Und während er der Kapelle aufmunternd signalisierte, fragte er leise eines der Mädchen:

»Hast du Adèle nicht gesehen? Es ist Zeit, daß sie auftaucht!«

Denn Adèle war die große Attraktion. Sie vor allem wollten die Gaffer von nahem sehen.

»Paß auf!« flüsterte ein Journalist einem Kollegen ins Ohr, »sie sind dort!...«

Und er wies auf zwei Männer, die an einem Tisch in der Nähe der Samtportiere saßen. Kommissar Delvigne trank ein Bier, dessen Schaum in seinem roten Schnurrbart hängenblieb. Neben ihm musterte Inspektor Girard die Gäste.

Um zehn Uhr herrschte eine eigenartige Stimmung. Es war nicht mehr das ›Gai-Moulin‹ mit seinen paar Stammgästen und den Durchreisenden, die Gesellschaft für einen Abend suchten.

Wegen der Anwesenheit der Journalisten vor allem fühlte man sich zugleich an einen Schwurgerichtsprozeß erinnert und an einen Galaabend.

Es war dasselbe Publikum da. Nicht nur die Reporter, sondern auch die Gerichtsberichterstatter. Sogar ein Herausgeber war persönlich erschienen. Sodann die Stammgäste der großen Cafés, die Lebemänner, wie man sie in der Provinz noch nennt, und die entsprechenden Damen.

Auf der Straße standen fast zwei Dutzend Wagen. Man grüßte sich von Tisch zu Tisch. Man erhob sich, um Hände zu drücken.

»Kommt noch was?«

»Pst! Nicht so laut! Der Rothaarige dort drüben ist Kommissar Delvigne. Wenn er sich die Mühe gemacht hat, herzukommen, dann heißt das ...«

»Welche ist Adèle? Die dicke Blonde?«

»Sie ist noch nicht da.«

Dann kam sie. Ihr Auftritt war grandios. Sie trug einen weiten schwarzen Satinmantel mit weißem Seidenfutter. Sie machte ein paar Schritte in den Saal hinein, hielt inne, sah sich um, ging dann gelassen zum Orchester, dessen Leiter sie die Hand reichte.

Ein Magnesiumblitz. Ein Fotograf hatte die Szene für seine Zeitung festgehalten, und die junge Frau zuckte die Schultern, als ließe diese Popularität sie kühl.

»Fünf Portwein, fünf!«

Victor und Joseph hatten alle Hände voll zu tun. Sie schlängelten sich zwischen den Tischen durch.

Man hätte meinen können, es fände ein Fest statt, aber ein Fest, an dem jeder nur teilnahm, um die anderen zu beobachten. Auf der Tanzfläche drehten sich einzig die Berufstänzer.

»Ich kann nichts Besonderes entdecken!« erklärte eine Frau, die von ihrem Mann zum ersten Mal in solch ein Nachtlokal geführt worden war. »Ich sehe nicht, was daran so verwerflich sein soll.«

Génaro trat an den Tisch der Polizisten.

»Entschuldigen Sie, Messieurs! Ich hätte gerne Ihren Rat. Sollen wir Darbietungen bringen, wie gewöhnlich? ... Jetzt wäre Adèle mit ihrer Tanznummer dran.«

Der Kommissar zuckte die Achseln, ohne ihn anzusehen.

»Ich wollte bloß wissen, ob es Sie nicht stört ...«

Die junge Frau saß an der Bar, von Journalisten umgeben, die sie ausfragten.

»Delfosse hat also gestohlen, was Sie in der Handtasche hatten. War er schon längere Zeit Ihr Liebhaber?«

»Er war es noch nicht einmal!«

Sie offenbarte eine gewisse Verlegenheit. Es kostete sie einige Überwindung, allen diesen Blicken standzuhalten.

»Sie haben mit Graphopulos Champagner getrunken. Was für ein Mann war er Ihrer Meinung nach?«

»Ein nobler Kerl! Aber jetzt müssen Sie mich entschuldigen ...«

Sie ging zur Garderobe, um ihren Mantel abzulegen, gesellte sich dann zu Génaro.

»Soll ich tanzen?«

Er war unschlüssig. Er musterte die Publikumsmenge mit leichter Besorgnis, als fürchtete er, sie könnte zu groß werden.

»Ich frage mich, worauf sie warten.«

Sie zündete sich eine Zigarette an, stützte die Ellenbogen auf den Bartisch und blickte abwesend vor sich hin, ohne weiter auf die anhaltenden Fragen der Reporter zu antworten.

Eine dicke Klatschbase sagte laut:

»Es ist lächerlich, zehn Franc für eine Limonade zu bezahlen! Und es gibt nicht mal was zu sehen!«

Zu sehen gab es durchaus etwas, allerdings nur für jene, die über die handelnden Figuren des Dramas Bescheid wußten. Als der rotuniformierte Pikkolo irgendwann die Samtportiere anhob, wurde ein etwa fünfzigjähriger Mann mit silbergrauem Schnurrbart sichtbar, der überrascht schien, so viele Leute zu sehen.

Er zögerte, sich zurückzuziehen. Doch sein Blick begegnete dem eines Journalisten, der ihn erkannt hatte und seinen Nachbarn mit dem Ellenbogen anstieß. Daraufhin trat er ein, betont ungezwungen, die Asche seiner Zigarette abstreifend.

Er sah gepflegt aus. Seine Kleidung war bemerkenswert elegant. Man spürte den Mann von Welt, dem das Nachtleben nicht unvertraut war.

Er ging geradewegs zur Bar, bemerkte Génaro.

»Sind Sie der Patron des Lokals?«

»Ja, Monsieur.«

»Delfosse! Es heißt, daß mein Sohn Ihnen Geld schuldete.«

»Victor!«

Victor eilte herbei.

»Das ist Monsieur Renés Vater, der wissen möchte, wieviel sein Sohn dir schuldig war.«

»Warten Sie, ich schaue in meinem Notizbuch nach. Monsieur René allein oder Monsieur René und sein Freund? ... Hm! ... Hundertfünfzig und fünfundsiebzig... Dazu zehn und die hundertzwanzig von gestern ...«

Monsieur Delfosse streckte ihm einen Tausendfrancschein hin und sagte barsch:

»Behalten Sie den Rest.«

»Besten Dank, Monsieur! Vielen Dank! Möchten Sie nicht etwas trinken?«

Doch Monsieur Delfosse begab sich zum Ausgang, ohne jemand anzusehen. Er kam am Tisch des Kommissars vorbei, den er nicht kannte. Als er durch die Portiere ging, streifte er einen Neuankömmling, beachtete ihn aber nicht und stieg in seinen Wagen.

Das war jedoch der Auftakt zum Hauptereignis des Abends. Der Eintretende war groß, hatte breite Schultern, ein massiges Gesicht, einen gelassenen Blick.

Adèle, die ihn als erste sah, vielleicht weil sie ständig nach dem Eingang schaute, sperrte die Augen auf, schien plötzlich ratlos zu sein.

Der Neuankömmling ging direkt auf sie zu, reichte ihr eine dicke Hand.

»Geht's Ihnen gut, seit neulich abends?«

Sie versuchte, ein Lächeln zustande zu bringen.

»Danke! Und Ihnen?«

Die Journalisten musterten ihn und tuschelten.

»Jede Wette, das ist er!«

»Der würde doch heut abend nicht hier reinkommen!«

Wie als Herausforderung zog der Mann jetzt eine Packung billigen französischen Tabaks hervor und machte sich daran, seine Pfeife zu stopfen.

»Ein Helles!« rief er Victor zu, der mit vollem Tablett vorbeikam.

Viktor nickte bestätigend, setzte seine Runde fort,

kam an den beiden Polizisten vorbei und flüsterte rasch:

»Das ist er!«

Wie sprach sich die Neuigkeit herum? Jedenfalls waren eine Minute später alle Blicke auf den Mann mit den breiten Schultern gerichtet, der, mit einem Bein auf dem hohen Barhocker sitzend, das andere herabbaumelnd, sein englisches Bier in kleinen Schlucken trank und das Publikum durch das beschlagene Glas betrachtete.

Dreimal mußte Génaro mit den Fingern schnalzen, um die Kapelle dazu zu bringen, mit einem neuen Stück anzufangen. Und selbst der Eintänzer ließ den Mann nicht aus den Augen, während er seine Partnerin auf der gebohnerten Tanzfläche herumschwenkte.

Kommissar Delvigne und der Inspektor verständigten sich durch unauffällige Zeichen. Journalisten beobachteten sie.

»Gehen wir?«

Sie standen gleichzeitig auf, gingen gelassen zur Bar.

Der Kommissar mit dem roten Schnurrbart stützte sich vor dem Mann auf. Girard stellte sich hinter ihn, bereit, ihn zu umklammern.

Die Musik brach nicht ab. Und doch hatte jedermann den Eindruck einer ungewöhnlichen Stille.

»Verzeihung! Sie sind doch im ›Hôtel Moderne‹ abgestiegen?«

Ein bedächtiger Blick richtete sich auf den, der sprach.

»Und?«

»Ich glaube, Sie haben vergessen, Ihre Anmeldung auszufüllen.«

Adèle stand drei Schritte weiter, den Blick auf den Unbekannten geheftet. Génaro ließ den Korken einer Champagnerflasche knallen.

»Wenn es Ihnen nichts ausmacht, möchte ich, daß Sie das in meinem Büro nachholen. Achtung! Kein Aufsehen ...«

Kommissar Delvigne musterte die Züge seines Gegenübers und fragte sich vergeblich, was ihn an diesem so beeindruckte.

»Folgen Sie mir?«

»Augenblick ...«

Er steckte die Hand in die Tasche. Inspektor Girard meinte, er wolle einen Revolver ziehen und zückte ungeschickterweise den seinen.

Leute sprangen auf. Eine Frau stieß einen Schrekkensschrei aus. Doch der Mann zog nur ein paar Münzen hervor, die er auf die Bar legte, wobei er sagte:

»Ich folge Ihnen!«

Es wurde wahrlich kein diskreter Abgang. Der Anblick des Revolvers hatte die Gäste erschreckt, sonst wären sie zweifellos Spalier gestanden. Der Kommissar ging voraus. Dann der Mann. Zuletzt Girard, knallrot geworden wegen seines Fehlverhaltens.

Ein Fotograf ließ Magnesium aufblitzen. Vor der Tür wartete ein Auto.

»Steigen Sie bitte ein!«

Die Fahrt zur Polizeiwache beanspruchte bloß drei Minuten. Inspektoren vom Nachtdienst spielten Pikett und tranken Bier, das sie aus einem benachbarten Restaurant hatten kommen lassen.

Der Mann trat ein, als wäre er zu Hause, nahm seine Melone ab, zündete eine dicke Pfeife an, die zu seinem fülligen Gesicht paßte.

»Haben Sie Papiere?«

Delvigne war nervös. Irgend etwas an dieser Geschichte war ihm nicht geheuer, aber er wußte nicht was.

»Keinerlei Papiere!«

»Wo haben Sie Ihr Gepäck deponiert, nachdem Sie das ›Hotel Moderne‹ verließen?«

Ein scharfer Blick des Kommissars, der sich erregte, weil er den Eindruck bekam, daß sein Gegenüber sich kindlich ergötzte.

»Keine Ahnung!«

»Ihr Name, Vorname, Beruf, Wohnort ...«

»Ist das Ihr Büro, da nebenan?«

Eine Tür war zu sehen, die in ein kleines, leeres und unbeleuchtetes Büro führte.

»Und?«

»Kommen Sie!«

Der breitschultrige Mann trat als erster ein, drehte den Lichtschalter, schloß die Tür.

»Kommissar Maigret von der Pariser Kriminalpolizei«, stellte er sich daraufhin vor, kleine Wölkchen von Pfeifenrauch ausstoßend. »Nun, lieber Kollege, ich glaube, wir haben heute abend gute Arbeit geleistet. Und Ihre Pfeife ist wirklich sehr schön! ...«

7

Die sonderbare Reise

Die Journalisten werden uns wohl nicht gleich überfallen, oder? Schließen Sie vielleicht doch die Tür bitte ab, ja? Es ist besser, wenn wir in Ruhe reden können.«

Kommissar Delvigne betrachtete seinen Kollegen mit jenem unwillkürlichen Respekt, den man in der Provinz, besonders aber auch in Belgien allem entgegenbringt, das aus Paris kommt. Außerdem war ihm der Mißgriff peinlich, den er eben begangen hatte und für den er sich zu entschuldigen suchte.

»Keine Ursache!« fiel ihm Maigret in die Rede. »Ich legte es ja ganz darauf an, verhaftet zu werden! Und ich komme schon zum nächsten Schritt: Gleich nachher werden Sie mich ins Gefängnis bringen lassen, und dort bleibe ich so lang wie nötig. Sogar Ihre Inspektoren müssen von der Echtheit meiner Verhaftung überzeugt sein.«

Es war einfach stärker als er! Er konnte sein Lachen nicht verbeißen, so komisch war der Gesichtsausdruck des Belgiers. Dieser musterte Maigret verstohlen und überlegte, welche Haltung er einnehmen sollte. Man merkte, daß er fürchtete, lächerlich zu sein. Und er versuchte vergeblich, herauszufinden, ob sein Kollege scherzte oder nicht.

Maigrets Lachen löste das seine aus.

»Hören Sie auf! Sie haben Einfälle! ... Sie ins Gefängnis stecken! ... Haha! ...«

»Ich schwöre, ich meine es wirklich so!«

»Haha! ...«

Er sträubte sich lange. Und als er einsehen mußte, daß es seinem Gesprächspartner ernst war, brachte ihn das ganz aus der Fassung.

Sie saßen sich jetzt gegenüber. Ein mit Akten überladener Tisch trennte sie.

Von Zeit zu Zeit warf Maigret einen bewundernden Blick auf die Meerschaumpfeife seines Kollegen.

»Sie werden gleich alles begreifen ...«, sagte er. »Es tut mir leid, daß ich Sie nicht früher eingeweiht habe, aber Sie werden bald sehen, daß das unmöglich war. Das Verbrechen wurde am Mittwoch verübt, nicht wahr? Am Montag saß ich in meinem Büro am Quai des Orfèvres, als man mir die Karte eines gewissen Graphopulos brachte. Bevor ich ihn empfing, rief ich wie gewohnt bei der Fremdenpolizei an, um mich über ihn zu erkundigen. Nichts! Graphopulos war gerade erst in Paris angekommen ...

In meinem Büro machte er mir einen recht verstörten Eindruck. Er erklärte, daß er viel reise, daß er Grund zu der Annahme habe, man trachte ihm nach dem Leben, und schließlich wollte er wissen, was es kosten würde, Tag und Nacht von einem Inspektor bewacht zu werden.

Solche Anfragen bekommen wir öfters. Ich nenne ihm also den Tarif. Er besteht lang und breit darauf, daß er einen wirklich gewieften Mann braucht, antwortet dagegen nur ausweichend auf meine Fragen nach der Gefahr, in der er schwebt und nach seinen allfälligen Feinden.

Er gibt mir seine Adresse im ›Grand-Hôtel‹, und noch am gleichen Abend schicke ich ihm den angeforderten Inspektor.

Am folgenden Morgen erkundige ich mich über ihn. Die griechische Botschaft meldet, er sei der Sohn eines bedeutenden Bankiers in Athen und führe quer durch Europa das müßige Leben eines Grandseigneurs. Ich wette, Sie haben ihn für einen Abenteurer gehalten.«

»Genau! Sind Sie sicher, daß ...?«

»Warten Sie! Am Dienstag abend berichtet mir der mit dem Schutz von Graphopulos beauftragte Inspektor sehr verwundert, daß unser Mann die ganze Zeit über versucht habe, ihn abzuschütteln. Mit kleinen Tricks, die jeder kennt, wie Häuser mit zwei Ausgängen, ein Taxi nach dem anderen. Er fügt hinzu, daß Graphopulos für Mittwoch morgen einen Flug nach London gebucht hat.

Ihnen kann ich's gestehen: Die Idee eines Ausflugs nach London, zumal mit dem Flugzeug, erschien mir recht verlockend, und so übernahm ich die Beschattung selber.

Am Mittwoch früh hat Graphopulos das ›Grand-Hôtel‹ verlassen, doch statt sich zum Flughafen zu begeben, hat er sich zur Gare du Nord fahren lassen, wo er eine Fahrkarte nach Berlin kaufte ...

Wir sind im gleichen Salonwagen gereist. Ich weiß

nicht, ob er mich wiedererkannte. Jedenfalls hat er mich nicht angesprochen.

In Lüttich stieg er aus und ich hinterdrein. Er hat ein Zimmer im ›Hôtel Moderne‹ genommen, ich ein Zimmer daneben. Zum Abendessen waren wir in einem Restaurant hinter dem Théâtre Royal.«

»Im ›La Bécasse‹«, warf Monsieur Delvigne ein. »Dort ißt man gut!«

»Die Nierchen à la Liègeoise waren delikat, das stimmt! Ich hatte übrigens den Eindruck, daß Graphopulos erstmals in Lüttich war. Das ›Hôtel Moderne‹ empfahl man ihm am Bahnhof. Und vom Hotel aus hat man ihn ins ›La Bécasse‹ geschickt. Der Portier des Restaurants schließlich erzählte ihm vom ›Gai-Moulin‹.«

»Wo er demnach ganz zufällig gelandet wäre«, bemerkte Kommissar Delvigne nachdenklich.

»Ich gebe zu, daß ich da nicht Bescheid weiß. Ich betrat das Lokal wenig später als er. Bereits hatte sich eine Tänzerin an seinen Tisch gesetzt, was ziemlich natürlich ist. Offen gestanden habe ich mich gräßlich gelangweilt, weil ich solche Nachtlokale verabscheue. Zuerst dachte ich, er würde die Frau mit sich nehmen. Als ich sah, daß sie sich anschickte, allein zu gehen, habe ich sie ein Stück weit begleitet, lang genug, um ihr zwei, drei Fragen zu stellen. Sie sagte mir, daß sie den Fremden zum ersten Mal gesehen hätte, ein Rendezvous, das er ihr gab, nicht einhalten würde, und sie fügte hinzu, daß er ein Langweiler sei.

Das ist alles. Ich ging dann zurück. Der Patron kam mit dem Kellner zusammen heraus. Ich nahm an, Graphopulos sei gegangen, während ich ihn aus den Augen ließ, und ich hielt kurz noch in den angrenzenden Straßen Ausschau nach ihm.

Ich kehrte ins Hotel zurück, um mich zu vergewissern, daß er nicht dort war. Als ich wieder zum ›Gai-Moulin‹ kam, waren die Türen noch immer verschlossen und drinnen alles dunkel.

Ein denkbar negatives Ergebnis, also. Allerdings nahm ich die Sache nicht tragisch. Ich fragte einen Polizisten nach anderen, noch offenen Nachtlokalen. Er nannte mir vier oder fünf, die ich gewissenhaft abgeklappert habe, ohne indessen meinen Griechen wiederzufinden.«

»Unglaublich!« murmelte Monsieur Delvigne.

»Warten Sie! Ich hätte zu Ihnen kommen und die Nachforschung in Zusammenarbeit mit der Lütticher Polizei fortsetzen können. Doch in Anbetracht dessen, daß ich im ›Gai-Moulin‹ gesehen worden war, zog ich es vor, den Mörder nicht zu warnen. Es gibt schließlich nur wenige Personen, die als Täter in Frage kommen. Ich habe mit den beiden Burschen angefangen, deren Nervosität mir nicht entgangen war. Das hat mich zu Adèle geführt und zum Zigarettenetui des Toten.

Sie haben die Entwicklung beschleunigt: Verhaftung von Jean Chabot. Flucht von Delfosse. Konfrontation. All das erfuhr ich nur aus den Zeitungen. Und bei gleicher Gelegenheit bekam ich mit, daß ich als Verdächtiger gesucht war.

Das ist's soweit. Ich nutzte die Chance.«

»Welche Chance?«

»Zuvor eine Frage: Glauben Sie an die Schuld der beiden Burschen?«

»Offen gesagt ...«

»Gut. Ich sehe, daß Sie nicht daran glauben. Niemand tut es, und der Mörder weiß genau, daß man über kurz oder lang anderswo suchen wird. Dementsprechend sieht er sich vor, und man kann nicht damit rechnen, daß er eine Unvorsichtigkeit begeht.

Andrerseits existieren starke Verdachtsmomente gegen den Mann mit den breiten Schultern, wie es in den Zeitungen heißt. Und nun ist der Mann mit den breiten Schultern verhaftet worden, unter ziemlich theatralischen Umständen. Für jedermann steht fest, daß heute abend der wahre Schuldige erwischt wurde.

Diese Auffassung gilt es zu bestärken. Morgen müssen die Leute erfahren, daß ich im Gefängnis Saint-Léonard sitze und man ein baldiges Geständnis erhofft.«

»Sie wollen wirklich ins Gefängnis?«

»Warum nicht?«

Es fiel Monsieur Delvigne schwer, sich mit dieser Idee anzufreunden.

»Natürlich werden Sie alle Bewegungsfreiheit haben.«

»Keineswegs! Sie müssen im Gegenteil veranlassen, daß man mich den strengsten Haftbedingungen unterwirft!«

»Seltsame Methoden habt ihr in Paris!«

»Eigentlich nicht. Aber wie ich schon sagte, der oder die Täter sollen sich sicher wähnen. Vorausgesetzt, es gibt überhaupt einen Täter...«

Diesmal schreckte der Kommissar mit dem roten Schnurrbart auf:

»Was soll das heißen? Sie wollen doch nicht etwa andeuten, daß sich Graphopulos selbst den Schädel eingeschlagen haben könnte, um sich anschließend in einen Weidenkoffer zu packen und in den Zoo zu befördern?«

Maigret machte große, unschuldige Augen.

»Wer weiß?«

Und während er seine Pfeife stopfte:

»Es wird Zeit, daß Sie mich ins Gefängnis schaffen lassen. Vorher sollten wir uns allerdings in einigen Punkten abstimmen. Notieren Sie doch mal ...«

Er war ganz bieder. In seinem Ton lag sogar eine gewisse Ergebenheit. Tatsächlich aber übernahm er einfach und unauffällig die Leitung der Ermittlungen.

»Ich bin bereit ...«

1. Montag: Graphopulos erbittet den Schutz der Pariser Polizei;

2. Dienstag: Er versucht den mit seiner Bewachung betrauten Inspektor abzuschütteln;

3. Mittwoch: Nachdem er einen Flug nach London gebucht hat, kauft er eine Fahrkarte nach Berlin und steigt in Lüttich aus;

4. Er scheint die Stadt nicht zu kennen und landet im ›Gai-Moulin‹, wo er nichts Besonderes tut;

5. Im Augenblick, in dem ich mit der Tänzerin weggehe, sind noch vier Personen im Lokal: Chabot und Delfosse, auf der Kellertreppe versteckt, sodann der Patron und Victor im Saal;

6. Bei meiner Rückkehr sind der Patron und Victor im Weggehen begriffen und schließen ab. Chabot und Delfosse sind, nach eigenen Angaben, noch immer drin;
7. Die jungen Leute geben an, sie seien eine Viertelstunde nach Schließung des Lokals aus dem Keller gekommen und zu diesem Zeitpunkt sei Graphopulos bereits tot gewesen;
8. Wenn das stimmt, kann die Tat begangen worden sein, während ich die Tänzerin begleitete. In diesem Fall wären Génaro und Victor die Täter;
9. Wenn es nicht stimmt, können Chabot und Delfosse die Tat in diesem Moment selbst begangen haben;
10. Chabot lügt vielleicht, und in diesem Fall gibt es keinen Beweis dafür, daß sich das Drama im ›Gai-Moulin‹ abspielte;
11. Der Mörder kann die Leiche selbst weggeschafft haben, doch es ist möglich, daß jemand anderes den Transport besorgte;
12. Am nächsten Tag ist Adèle im Besitz des Zigarettenetuis, aber sie behauptet, sie habe es von Delfosse bekommen;
13. Die Aussagen von Génaro, der Tänzerin und Victor stimmen dahin überein, die Behauptungen Jean Chabots zu widerlegen.

Maigret verstummte, nahm ein paar Züge aus seiner Pfeife; sein Kollege sah ihn nachdenklich an.

»Unerhört! ...« murmelte er.

»Was ist unerhört?«

»Die Komplexität dieses Falls, sobald man näher hinsieht.«

Maigret erhob sich.

»Gehen wir schlafen! Sind die Betten im Saint-Léonard gut?«

»Tatsächlich, dort wollen Sie ja hin.«

»Und übrigens hätte ich recht gern eine Zelle neben der des Burschen. Morgen werde ich Sie zweifellos um eine Gegenüberstellung mit ihm bitten.«

»Vielleicht hat man bis dahin seinen Freund Delfosse gefaßt.«

»Das ist nicht weiter wichtig.«

»Sie ziehen die beiden also endgültig als Täter nicht mehr in Betracht? Der Untersuchungsrichter will von einer Freilassung nichts hören. Übrigens werde ich ihn wohl über Sie informieren müssen.«

»So spät wie möglich. Was ist denn nebenan los?«

»Das sind gewiß die Journalisten. Ich muß eine Presseerklärung abgeben. Welche Personalien soll ich für Sie anführen?«

»Keine Personalien! Ich bin ein Unbekannter! Man hat keinerlei Papiere bei mir gefunden ...«

Kommissar Delvigne hatte sein inneres Gleichgewicht noch nicht ganz wiedererlangt. Er fuhr fort, Maigret verstohlen zu beobachten, mit einer Beunruhigung, in die sich Bewunderung mischte.

»Mir ist das alles noch völlig unklar.«

»Mir auch!«

»Man könnte meinen, Graphopulos sei bloß nach Lüttich gekommen, um sich umbringen zu lassen. Es ist übrigens höchste Zeit, daß ich seine Familie benachrichtige. Ich werde morgen den griechischen Konsul sehen.«

Maigret hatte nach seiner Melone gegriffen. Er war bereit zum Gehen.

»Achten Sie darauf, mich vor den Journalisten nicht zu freundlich zu behandeln!« riet er Delvigne.

Der andere öffnete die Tür. Im geräumigen Büro der Inspektoren umringte ein halbes Dutzend Reporter einen Mann, den Kommissar Delvigne wiedererkannte.

Es war der Geschäftsführer des ›Hotel Moderne‹, der schon am Nachmittag da gewesen war. Er redete aufgeregt auf die Journalisten ein, die sich Notizen machten. Plötzlich drehte er sich um, erblickte Maigret, zeigte, hochrot anlaufend, mit dem Finger auf ihn.

»Das ist er!« rief er. »Kein Zweifel, das ist er!«

»Ich weiß, er hat gerade zugegeben, daß er in Ihrem Hotel abstieg.«

»Und er hat auch zugegeben, daß er den Koffer stahl?«

Kommissar Delvigne verstand das nicht.

»Welchen Koffer?«

»Den Weidenkoffer, Himmel! Bei den Angestellten, die man heutzutage kriegt, hätte ich es noch lange nicht bemerken können ...«

»Erklären Sie das genauer.«

»Na, gut! In jedem Stock des Hotels steht im Gang ein Weidenkoffer für die schmutzige Wäsche. Vorhin kam der Wäschereiwagen, und da stellte ich fest, daß ein Koffer fehlt, der vom dritten Stock. Ich habe das Zimmermädchen gefragt. Sie behauptet, sie hätte geglaubt, der Koffer sei zur Reparatur gebracht worden, weil der Deckel schlecht schloß.«

»Und die Wäsche?«

»Das ist das Tollste! Die Wäsche, die er enthielt, wurde im Koffer vom zweiten Stock gefunden.«

»Sind Sie überzeugt, daß es Ihr Koffer ist, der zum Transport der Leiche benutzt wurde?«

»Ich komme gerade von der Leichenhalle, wo man ihn mir gezeigt hat.«

Er keuchte. Er konnte sich nicht darüber beruhigen, daß er so tief in diese Geschichte verwickelt war.

Am betroffensten war jedoch Kommissar Delvigne, der sich nicht einmal zu Maigret umzudrehen traute. Er vergaß darüber die Anwesenheit der Journalisten und das verabredete Verhalten.

»Was sagen denn Sie dazu?«

»Nichts sage ich dazu«, erwiderte Maigret unbewegt.

»Passen Sie auf!« hob der Geschäftsführer vom ›Hotel Moderne‹ wieder an. »Er hat den Koffer sehr wohl aus dem Haus schaffen können, ohne gesehen zu werden. Wenn man nachts hinein will, muß man klingeln. Der Portier betätigt dann den Türöffner, ohne vom Bett aufzustehen. Doch um hinauszugehen, braucht man nur den Türknopf zu drehen.«

Ein Journalist mit zeichnerischem Talent machte rasch eine Skizze von Maigret, den er mit Hängebakken und denkbar furchteinflößendem Gesicht darstellte.

Kommissar Delvigne strich sich mit der Hand durchs Haar, stammelte:

»Würden Sie sich nochmals kurz in mein Büro begeben?«

Er wußte nicht, wo hinschauen. Ein Reporter fragte:

»Hat er ein Geständnis abgelegt?«

»Lassen Sie mich in Ruhe!«

Und Maigret sagte ruhig:

»Ich mache Sie darauf aufmerksam, daß ich auf keine Frage mehr antworten werde ...«

»Girard! Laß den Wagen vorfahren!«

»Muß ich meine Aussage nicht unterzeichnen?« wollte der Hotelier wissen.

»Später ...«

Es war ein beträchtliches Durcheinander. Nur Maigret rauchte ruhig seine Pfeife, während er die anwesenden Leute der Reihe nach betrachtete.

»Handschellen?« fragte Girard, als er zurückkehrte.

»Ja ... Nein ... Kommen Sie, hier entlang! ...«

Er hatte es eilig, mit seinem Kollegen im Wagen allein zu sein.

Als sie durch die verlassenen Straßen fuhren, fragte er fast flehend:

»Was bedeutet das alles?«

»Was?«

»Diese Geschichte mit dem Koffer. Der Mann beschuldigt Sie doch eigentlich, aus dem Hotel einen Weidenkoffer entwendet zu haben. Den Koffer, in dem man die Leiche fand!«

»Ja, das schien er anzudeuten.«

Dieses »andeuten« war krasse Ironie angesichts der erregten Beteuerungen des Geschäftsführers.

»Ist das wahr?«

Statt klar zu antworten, referierte Maigret:

»An sich ist der Koffer von Graphopulos oder von

mir entwendet worden. Von Graphopulos aus wäre es unbestreitbar außerordentlich! Jemand, der sich damit abgibt, seinen eigenen Sarg wegzubringen! ...«

»Verzeihung ... Aber vorhin, als Sie mir sagten, wer Sie sind, dachte ich nicht daran, Sie zu bitten ... hm ... sich ... hm ... auszuweisen ...«

Maigret durchsuchte seine Taschen. Gleich darauf streckte er dem Kollegen seine Dienstmarke hin.

»Oh ... Sie verstehen gewiß ... Diese Sache mit dem Weidenkoffer ...«

Dann, plötzlich mutig dank der Dunkelheit, die im Wagen herrschte:

»Wissen Sie, daß ich Sie, auch wenn wir es nicht besprochen hätten, aufgrund der klaren Aussage dieses Mannes ins Gefängnis bringen müßte?«

»Natürlich!«

»Haben Sie diese Anschuldigung erwartet?«

»Ich? ... Nein.«

»Und glauben Sie, daß Graphopulos selbst den Weidenkoffer wegschaffte?«

»Ich glaube im Augenblick noch gar nichts!«

Kommissar Delvigne, langsam ärgerlich, mit rotem Kopf, verstummte und lehnte sich in seine Wagenecke zurück. Im Gefängnis angekommen, erledigte er rasch die Aufnahmeformalitäten, wobei er vermied, seinen Begleiter anzusehen.

»Der Wärter wird Sie führen ...«, sagte er zum Abschied bloß.

Gleich danach bekam er dann doch Gewissensbisse. Kaum auf der Straße, fragte er sich, ob er dem Kollegen gegenüber nicht zu schroff gewesen war.

›Na, er hat mich ja selbst gebeten, ihn nicht zu freundlich zu behandeln.‹

Ja, aber nicht, wenn sie unter sich waren. Außerdem war das, bevor der Mann vom ›Hôtel Moderne‹ seine Erklärung abgab. Leistete sich Maigret, weil er aus Paris war, etwa einen Spaß mit ihm?

›In diesem Fall geschieht's ihm recht ...‹

Girard wartete im Büro, wo er die von Kommissar Maigret diktierten Absätze las.

»Es geht vorwärts!« stellte er befriedigt fest, als sein Chef eintrat.

»Ach, du findest, daß es vorwärts geht, wie?«

Der Ton war so, daß Girard große Augen machte.

»Aber ... diese Verhaftung ... und der Koffer, der ...«

»Der Koffer, der ... Ja! Ich kann dir nur raten, noch mehr zu reden von dem Koffer, der! ... Verbind mich mit dem Telegrafenamt!«

Als er die Verbindung bekam, gab er folgendes Telegramm auf:

DIREKTION KRIMINALPOLIZEI PARIS. ERBITTE DRINGEND GENAUES SIGNALEMENT UND MÖGLICHST FINGERABDRÜCKE KOMMISSAR MAIGRET. KRIMINALPOLIZEI LÜTTICH.

»Was heißt das?« wagte Girard zu fragen.

Es bekam ihm schlecht. Sein Chef starrte ihn wütend an.

»Das heißt gar nichts, verstanden! Das heißt, daß ich genug habe von deinen blöden Fragen! ... Das heißt, daß man mich in Frieden lassen soll! ... Das heißt ...«

Er merkte plötzlich, daß seine Wut lächerlich wirkte und schloß brüsk mit einem einzigen Wort:

»Sch ...!«

Dann verzog er sich in sein Büro, zur einsamen Meditation über die dreizehn Punkte Kommissar Maigrets.

8

›Chez Jeanne‹

Schön brav bleiben!« mahnte die üppige Frau mit anzüglichem Lachen. »Man kann uns sehen ...«

Sie stand auf, ging zu dem großen Fenster, vor dem ein Netzvorhang hing, und fragte:

»Wartest du auf den Zug nach Brüssel?«

Es war eine kleine Bar hinter der Gare des Guillemins. Der ziemlich große Raum war sauber, die hellen Fliesen des Fußbodens sorgfältig geschrubbt, die Tische glänzend poliert.

»Komm, setz dich!« murmelte der Mann, der vor einem Bier saß.

»Wirst du brav sein?«

Und die Frau setzte sich, nahm die auf der Sitzbank ruhende Hand des Mannes und legte sie auf den Tisch.

»Bist du Vertreter?«

»Woran siehst du das?«

»An nichts ... Ich weiß nicht ... Nein! Wenn du nicht brav bleibst, geh ich zur Tür ... Sag mir lieber, was du trinkst ... Nochmal das gleiche? Für mich auch?«

Was die Bar zweifelhaft wirken ließ, war vielleicht gerade ihre Sauberkeit, die darin herrschende Ordnung, ein unbestimmtes Etwas, das mehr an einen privaten Haushalt denken ließ als an ein öffentliches Lokal.

Die Theke war winzig, ohne Bierzapfhahn, und dahinter standen kaum zwanzig Gläser auf dem Regal. Auf einem Tisch beim Fenster lag eine Näharbeit, anderswo ein Korb mit Bohnen, die man abzufädeln begonnen hatte.

Es war reinlich. Es roch nach Suppe, nicht nach Alkohol. Man hatte den Eindruck, wenn man hereinkam, in die Privatsphäre einer Familie einzudringen.

Die Frau, die fünfundreißig Jahre alt sein mochte, wirkte appetitlich, anständig und mütterlich zugleich.

Sie verbrachte ihre Zeit damit, die Hand wegzuschieben, die der scheue Gast alle Augenblicke auf ihr Knie legte.

»... im Lebensmittelhandel?«

Plötzlich horchte sie auf. Eine Treppe führte vom Gastraum in den ersten Stock. Dort oben hatte es Geräusche gegeben, als wäre jemand aufgestanden.

»Entschuldigst du mich einen Augenblick?«

Sie ging lauschen, trat dann in einen Korridor hinaus und rief:

»Monsieur Henry!«

Als sie zu ihrem Gast zurückkehrte, zeigte sich dieser beunruhigt, verwirrt, zumal ein Mann in Hemdsärmeln und ohne Kragen aus dem Hinterzimmer erschien und lautlos die Treppe erklomm. Man sah nur noch seine Beine, dann nichts mehr.

»Was ist los?«

»Nichts ... Ein junger Mann, der gestern abend betrunken war und den wir dort oben übernachten ließen ...«

»Und ... Monsieur Henry ... Ihr Mann?«

Sie lachte, wobei ihr üppiger weicher Busen wogte.

»Das ist der Patron ... Ich bin bloß Serviererin ... Nicht doch! Man sieht uns, ich schwör's!«

»Trotzdem ... Ich möchte ...«

»Was?«

Der Mann war ganz rot. Er wußte nicht mehr, woran er war, wie weit er gehen durfte. Er musterte seine mollige, frische Gefährtin mit glänzenden Augen.

»Ist es nicht möglich, irgendwo ein bißchen für uns zu sein? ...« flüsterte er.

»Bist du verrückt? ... Wozu denn? ... Wir haben hier einen anständigen Betrieb und ...«

Sie unterbrach sich, horchte erneut. Droben schien es eine Auseinandersetzung zu geben! Monsieur Henry antwortete mit ruhiger, fester Stimme jemandem, der ihm heftige Vorwürfe machte.

»Ein richtiger Bub«, sagte die üppige Frau. »So einer kann einem leid tun! ... Noch keine zwanzig und besäuft sich ... Dabei hat er das ganze Lokal freigehalten, den tollen Kerl gespielt und sich von allen ausnützen lassen.«

Oben ging die Tür auf. Die Stimmen wurden deutlicher.

»Ich sage Ihnen, ich hatte Hunderte von Franc in der Tasche!« kreischte der junge Mann. »Man hat sie mir gestohlen! ... Ich will mein Geld wieder ...«

»Sachte, sachte! Hier gibt's keine Diebe! Wären Sie nicht sternhagelvoll gewesen ...«

»Sie haben mir ja zu trinken ausgeschenkt ...«

»Wenn ich Leuten zu trinken ausschenke, nehme ich an, daß sie schlau genug sind, auf ihre Brieftasche zu achten ... Nicht genug! Ich mußte Sie auch noch bremsen ... Auf die Straße sind Sie gelaufen und haben die Nutten hereingeholt, angeblich weil die Serviererin nicht nett genug zu Ihnen war. Und Sie wollten ein Zimmer ... und was weiß ich nicht noch alles ...«

»Geben Sie mir mein Geld zurück! ...«

»Ich hab Ihr Geld nicht, und wenn Sie weiter Radau machen, rufe ich die Polizei ...«

Monsieur Henry regte sich nicht im geringsten auf. Aufgeregt war nur der junge Mann, der jetzt rückwärts die Treppe herunterkam, wobei er nicht aufhörte zu zetern.

Er hatte abgespannte Züge, Ringe unter den Augen, einen bösartig verzogenen Mund.

»Diebe seid ihr alle!«

»Sagen Sie das nochmal! ...«

Monsieur Henry sprang ein paar Stufen hinab, packte den Burschen am Kragen.

Plötzlich wurde es fast dramatisch. Der Junge zog einen Revolver aus der Tasche und brüllte:

»Lassen Sie mich los, oder ...«

Der Vertreter drückte sich an seine Lehne, griff ängstlich nach dem Arm seiner Nachbarin, die vorstürzen wollte.

All das war überflüssig. Monsieur Henry, an Schlägereien gewöhnt, führte einen harten Hieb gegen den Vorderarm seines Gegners, und der Revolver fiel zu Boden.

»Mach die Tür auf!« wies er, nun doch keuchend, die Frau an.

Und als das geschehen war, beförderte er den Burschen mit kräftigem Schwung an die Luft, so daß er mitten auf dem Gehsteig landete. Dann hob er den Revolver auf und warf ihn hinterher.

»Diese Rotznasen, die einen im eigenen Haus beschimpfen! ... Gestern spielte er sich groß auf und zeigte jedem, wieviel Geld er hat ...«

Er strich sein Haar wieder glatt, warf einen Blick nach der Tür, entdeckte die Uniform eines Polizisten.

»Sie sind Zeuge, daß er mich bedroht hat, nicht wahr!« sagte er zu dem betretenen Gast. »Übrigens kennt die Polizei unsern Betrieb ...«

Da stand nun René Delfosse mit verdreckten Kleidern, knirschte vor Wut mit den Zähnen und antwortete dem Polizisten, ohne zu wissen, was er sagte.

»Sie behaupten, Sie seien bestohlen worden? Wer sind Sie überhaupt? Zeigen Sie mal Ihre Papiere ... Und wem gehört diese Waffe? ...«

Leute blieben stehen. Aus der Tür einer Straßenbahn lehnten sich Fahrgäste.

»Kommen sie mal mit aufs Revier ...«

Dort angekommen, wurde Delfosse von einem solchen Wutanfall gepackt, daß der Polizist etliche Tritte an die Schienbeine abbekam. Vom Kommissar vernommen, gab der junge Mann zunächst an, er sei Franzose und am Vorabend in Lüttich angekommen.

»In dieser Bar hat man mich betrunken gemacht und mein ganzes Geld gestohlen ...«

Doch ein Polizeibeamter, der in einer Ecke stand, beobachtete ihn. Dann redete er leise mit dem Kommissar. Dieser lächelte zufrieden.

»Heißen Sie nicht vielmehr René Delfosse?«

»Das geht Sie nichts an ...«

Selten hatte man einen so cholerischen Kunden erlebt. Er wußte nicht aus, nicht ein, sein Mund war verzerrt.

»Und das Geld, das man Ihnen wegnahm, war das nicht das einer gewissen Tänzerin gestohlene Geld?«

»Das ist nicht wahr!«

»Nur mit der Ruhe! Sie werden all das der Kriminalpolizei erklären können. Ruft mal Kommissar Delvigne an und fragt, was mit diesem Bürschchen da geschehen soll ...«

»Ich hab Hunger!« murrte Delfosse, immer noch mit der Miene eines nörgelnden Kindes.

Er erntete nur ein Achselzucken.

»Sie haben kein Recht, mich hungern zu lassen ... Ich werde Sie anzeigen. Ich ...«

»Hol ihm nebenan ein Sandwich! ...«

Delfosse aß zwei Bissen davon, warf den Rest angeekelt zu Boden.

»Hallo! ... Ja ... Er ist hier ... Sehr gut! ... Ich lasse ihn gleich rüberbringen ... Nein ... Nichts ...«

Im Wagen zwischen zwei Beamten sitzend, bewahrte Delfosse zunächst ein verbissenes Schweigen. Dann, ohne daß jemand ihn etwas gefragt hätte, murmelte er:

»Jedenfalls war nicht ich es, der ihn umbrachte. Chabot war's ...«

Niemand achtete auf ihn.

»Mein Vater wird sich beim Gouverneur beschweren ... Mit dem ist er befreundet ... Ich habe nichts getan! ... Man hat mir meine Brieftasche gestohlen, und heute mittag wollte mich der Patron des Cafés ohne einen Sou rauswerfen ...«

»Aber der Revolver gehört Ihnen?«

»Dem Patron ... Er drohte zu schießen, wenn ich Radau machte ... Sie brauchen nur den Gast zu fragen, der dort war. ...«

Als sie das Gebäude der Kriminalpolizei betraten, reckte er den Kopf, versuchte eine wichtige, selbstsichere Miene aufzusetzen.

»Aha, da ist der Bursche«, sagte einer der Inspektoren, seinen Kollegen die Hand drückend, wobei er Delfosse von Kopf bis Fuß musterte. »Ich sag dem Chef Bescheid.«

Nach kurzer Zeit kam er zurück und meldete:

»Er soll warten! ...«

Man sah dem jungen Mann an, wie mißmutig und besorgt er war, als er den Stuhl ablehnte, der ihm angewiesen wurde. Er wollte sich eine Zigarette anzünden. Man nahm sie ihm aus den Fingern.

»Nicht hier!«

»Sie rauchen doch auch!«

Er hörte, wie der Inspektor beim Weggehen etwas brummelte wie:

»... ein komischer kleiner Kampfhahn ...«

Um ihn herum rauchten und schrieben sie weiter, blätterten in Akten und tauschten ab und an ein paar Worte aus.

Ein Klingeln. Ohne aufzusehen, sagte der Inspektor zu Delfosse:

»Sie können zum Chef hinein ... Die Tür dort hinten ...«

Das Büro war nicht groß. Die Luft war blau vom Rauch, und der Ofen, den man gerade zum ersten Mal in diesem Herbst angezündet hatte, fauchte laut bei jedem Windstoß.

Kommissar Delvigne thronte in seinem Sessel. Im Hintergrund, am Fenster, saß jemand im Gegenlicht auf einem Stuhl.

»Herein! ... Setzen Sie sich ...«

Die sitzende Silhouette richtete sich auf. Man erriet, undeutlich der Beleuchtung wegen, das blasse Gesicht von Jean Chabot, der sich seinem Freund zuwandte.

Worauf Delfosse sarkastisch fragte:

»Was erwartet man von mir?«

»Aber gar nichts, junger Mann! Sie sollen bloß ein paar Fragen beantworten ...«

»Ich habe nichts getan.«

»Und ich habe Sie noch nicht angeklagt ...«

Gegen Chabot gewandt, knurrte René:

»Was hat er erzählt? ... Er lügt, da bin ich ganz sicher ...«

»Langsam! Langsam! Und versuchen Sie, meine Fragen zu beantworten ... Sie dort, bleiben Sie sitzen! ...«

»Aber ...«

»Sitzenbleiben, sag ich. Und jetzt, mein kleiner Delfosse, erzählen sie mir, was Sie im ›Chez Jeanne‹ gemacht haben ...«

»Ich bin bestohlen worden ...«

»Was sonst? ... Sie kamen gestern nachmittag dort an und waren schon angesäuselt ... Sie wollten mit der Serviererin im ersten Stock verschwinden, und da sie sich weigerte, sind Sie auf die Straße hinaus, um sich eine Frau zu suchen.«

»Das ist mein gutes Recht.«

»Sie haben jedermann freigehalten ... Stundenlang waren Sie die große Attraktion ... Bis Sie schließlich stockbesoffen unter dem Tisch landeten. Der Patron hat sich Ihrer erbarmt und Sie oben ins Bett gebracht ...«

»Er hat mich bestohlen ...«

»Vielmehr haben Sie mit Geld nur so um sich geworfen, das Ihnen gar nicht gehörte ... Genauer, mit dem Geld, das Sie am Morgen aus Adèles Handtasche genommen hatten.«

»Das ist nicht wahr!«

»Von diesem Geld kauften Sie als erstes den Revolver ... Was wollten Sie damit?«

»Ich wollte eben einen Revolver haben!«

Chabots Mienenspiel war spannend zu verfolgen. Er beobachtete seinen Freund völlig entgeistert, als könnte er seinen Ohren nicht trauen. Er schien plötzlich einen anderen Delfosse zu entdecken, der ihn erschreckte. Er wäre ihm gern ins Wort gefallen, hätte ihn geheißen, zu schweigen.

»Warum haben sie Adèles Geld gestohlen?«

»Sie hat es mir selbst gegeben.«

»Sie hat das genaue Gegenteil ausgesagt: sie beschuldigt Sie!«

»Sie lügt! Sie hat es mir gegeben, damit ich Fahrkarten besorge, weil wir zusammen fort wollten ...«

Man merkte, daß er sagte, was ihm gerade in den Sinn kam, ohne zu überlegen, unbekümmert um Widersprüche.

»Wollen Sie vielleicht auch abstreiten, daß Sie sich vor zwei Tagen nachts auf der Kellertreppe des ›Gai-Moulin‹ versteckt haben?«

Chabot beugte sich vor, als wollte er sagen:

›Vorsicht! Es hat keinen Zweck zu leugnen ... Ich mußte einfach ...‹

Doch schon war Delfosse auf den Füßen, wandte sich seinem Kameraden zu und brüllte:

»Das hat er erzählt, nicht wahr? ... Er lügt! ... Er wollte, daß ich mit ihm dort bleibe! ... Aber ich habe kein Geld nötig! Mein Vater ist reich! ... Ich muß nur sagen, was ich brauche ... Er hat die Idee gehabt ...«

»Sie sind also gleich weggegangen?«

»Ja.«

»Und sind nach Hause?«

»Ja.«

»Nachdem Sie in der Rue du Pont-d'Avroy Miesmuscheln und Pommes frites gegessen haben ...«

»Ja ... Ich glaube ...«

»Dort waren Sie aber mit Chabot zusammen! Das hat der Kellner ausgesagt!«

Chabot rang die Hände, und sein Blick blieb flehend.

»Trotzdem, ich hab nichts getan!« behauptete Delfosse.

»Ich habe nicht gesagt, Sie hätten irgend etwas getan.«

»Also?«

»Also nichts!«

Delfosse schöpfte Atem, schaute zur Seite.

»Haben Sie das Zeichen zum Verlassen des Kellers gegeben?«

»Das stimmt nicht.«

»Jedenfalls waren Sie es, der als erster hinaufging und auch als erster die Leiche sah ...«

»Das stimmt nicht.«

»René! ...« rief Chabot, der nicht mehr an sich halten konnte.

Abermals zwang ihn der Kommissar, sich zu setzen und den Mund zu halten. Dennoch stammelte er gleich darauf, wie gebrochen:

»Ich versteh nicht, warum er lügt ... Wir haben niemanden getötet ... Wir hatten nicht einmal Zeit, zu stehlen ... Er ging voraus ... Er zündete ein Streichholz an ... Ich habe den Türken kaum richtig gesehen ... Ich erkannte nur undeutlich etwas, das am Boden lag ... Erst hinterher sagte er mir, daß ein Auge offenstand und der Mund ...«

»Wie spannend!« höhnte Delfosse.

In diesem Moment wirkte Chabot fünf Jahre jünger als sein Freund und weitaus verlorener! Er war ganz verunsichert. Er spürte, daß er nicht überzeugend war, der Unterlegene.

Und Kommissar Delvigne schaute vom einen zum anderen.

»Ihr müßt euch schon einigen, Kinder. Erschreckt

habt ihr euch so eilig davongemacht, daß die Tür offenblieb ... Ihr seid Muscheln und Pommes frites essen gegangen ...«

Und plötzlich, Delfosse in die Augen blickend:

»Sagen Sie mal! Haben Sie die Leiche berührt?«

»Ich? Nie im Leben! ...«

»War irgendwo ein Weidenkoffer in der Nähe?«

»Nein ... Ich hab nichts gesehen ...«

»Wie oft haben Sie Geld aus der Ladenkasse Ihres Onkels genommen?«

»Hat Chabot das gesagt?«

Und mit geballten Fäusten:

»Der Dreckskerl! ... So eine Frechheit! ... Er verdreht alles! ... Er hat Geld aus der kleinen Kasse geklaut! Und ich hab ihm welches gegeben, damit er es zurücklegen konnte.«

»Schweig doch!« flehte Chabot, die Hände gefaltet.

»Gib doch zu, daß du lügst!«

»Du lügst! ... Hör zu, René! Der Mörder ist ...«

»Was meinst du?«

»Ich sage, der Mörder ist ... verhaftet. Du ...«

Delfosse sah Kommissar Delvigne an, fragte mit unsicherer Stimme:

»Was erzählt er? ... Der ... Mör ...«

»Haben Sie keine Zeitung gelesen? Ach ja, Sie schliefen Ihren Rausch aus ... Jetzt werden Sie mir sagen, ob Sie den Mann wiedererkennen, der an jenem Abend im ›Gai-Moulin‹ war und Ihnen am nächsten Tag durch die Straßen folgte ...«

René wischte sich die Stirn ab, wagte nicht mehr dorthin zu schauen, wo sein Freund saß. Im benachbarten Büro ertönte die Klingel. Man mußte Maigret aus einem Nebenraum holen. Die Tür öffnete sich. Er trat ein, geführt von Inspektor Girard ...

»Los, etwas schneller! ... Stellen Sie sich da ins Licht gefälligst ... Also, Delfosse, erkennen Sie ihn?«

»Das ist er!«

»Haben Sie ihn nie zuvor gesehen?«

»Niemals!«

»Und er hat nie mit Ihnen gesprochen?«

»Ich glaube nicht ...«

»Hat er sich beispielsweise, als Sie aus dem ›Gai-Moulin‹ kamen, in der Nähe herumgetrieben? ... Denken Sie nach! ... Versuchen Sie sich zu erinnern! ...«

»Warten Sie! Ja, vielleicht ... Da stand jemand in einer Nische, und ich meine jetzt, daß er es vielleicht war ...«

»Vielleicht?«

»Sicherlich ... Ja ...«

Aufrecht in dem kleinen Büro wirkte Maigret enorm. Doch als er sprach, war es eine leise, sehr sachte Stimme, die man vernahm.

»Sie hatten keine Taschenlampe, nicht wahr?«

»Nein ... Warum?«

»Und Sie haben das Licht im Saal nicht eingeschaltet ... Also begnügten Sie sich damit, ein Streichholz anzuzünden ... Würden Sie mir sagen, wie weit Sie von der Leiche entfernt waren?«

»Aber ... Ich weiß nicht ...«

»Weiter als die Entfernung von einer Wand bis zur anderen hier im Büro?«

»Ungefähr gleich weit ...«

»Also, vier Meter etwa ... Und Sie waren aufgeregt ... Es war Ihr erster richtiger Einbruch ... Sie sahen eine Gestalt daliegen und nahmen gleich an, es sei eine Leiche ...

Sie sind nicht näher herangegangen, haben die Gestalt nicht angefaßt ... Somit können Sie nicht sicher sein, daß der Mann nicht mehr geatmet hat ... Wer hielt das Streichholz? ...«

»Ich«, gestand Delfosse.

»Brannte es lang?«

»Ich ließ es sofort fallen ...«

»Also war die angebliche Leiche nur ein paar Sekunden beleuchtet! Sind Sie sicher, Delfosse, daß Sie Graphopulos erkannt haben?«

»Ich habe schwarze Haare gesehen ...«

Verwundert schaute er sich um. Erst jetzt wurde ihm bewußt, daß man ihn regelrecht verhörte und er sich manipulieren ließ. Er knurrte:

»Ich antworte nur noch dem Kommissar.«

Dieser hatte den Telefonhörer abgehoben. Delfosse zuckte zusammen, als er hörte, welche Nummer er verlangte.

»Hallo! Ist dort Monsieur Delfosse? ... Ich möchte nur erfahren, ob Sie noch immer bereit sind, die Kaution von fünfzigtausend Franc zu leisten ... Ich habe darüber mit dem Untersuchungsrichter gesprochen, der seinerseits die Staatsanwaltschaft anfragte ... Ja ... Einverstanden ... Nein, bemühen Sie sich nicht ... Das geht besser direkt ...«

René Delfosse begriff noch nicht. Jean Chabot rührte sich nicht in seiner Ecke.

»Sie bleiben also dabei, Delfosse, daß Chabot für alles verantwortlich ist? ...«

»Ja.«

»Nun, Sie sind frei ... Gehen Sie nach Hause ... Ihr Vater hat versprochen, Ihnen keinerlei Vorwürfe zu machen ... Einen Augenblick noch ... Sie, Chabot, bleiben dabei, daß Delfosse das Geld gestohlen hatte, das Sie verschwinden lassen wollten?«

»Er war es ... Ich ...«

»In diesem Fall, macht das unter euch ab ... Verzieht euch, beide! ... Versucht bloß, keinen Skandal zu veranstalten und euch möglichst unauffällig zu benehmen.«

Mechanisch hatte Maigret seine Pfeife aus der Tasche gezogen. Aber er zündete sie nicht an. Er betrachtete die beiden Burschen, die, ganz ratlos, nicht wußten, was sie tun oder sagen sollten. Kommissar Delvigne mußte aufstehen und sie zur Tür hinausschieben.

»Keinen Streit, hört ihr! ... Vergeßt nicht, daß ihr bis auf weiteres zur Verfügung des Gerichts bleibt.«

Mit raschen Schritten durchquerten sie das Büro der Inspektoren, und schon unter dessen Tür wandte sich Delfosse wütend seinem Kameraden zu und setzte zu einer heftigen Rede an, die man nicht mehr hörte.

Das Telefon klingelte.

»Hallo! Ist dort Kommissar Delvigne? ... Entschuldigen Sie, daß ich Sie störe, Herr Kommissar. Hier spricht Chabot, der Vater ... Darf ich Sie fragen, ob es etwas Neues gibt? ...«

Der Kommissar lächelte, legte seine Meerschaumpfeife auf den Tisch, zwinkerte Maigret zu:

»Delfosse ist soeben zur Tür hinaus in Begleitung Ihres Sohnes ...«

» ... «

»Aber ja doch! Sie werden sicher in ein paar Minuten bei Ihnen sein ... Hallo ... Ich würde Ihnen raten, sich nicht allzu streng zu zeigen.«

Es regnete. Auf der Straße liefen Chabot und Delfosse rasch den Gehsteig entlang, sich unerkannt durch die Menge schlängelnd. Ihr Gespräch konnte kaum als angelegentlich bezeichnet werden. Aber alle hundert Meter wendete sich einer von ihnen seinem Gefährten zu, um ihm eine bissige Bemerkung an den Kopf zu werfen, die eine gehässige Entgegnung auslöste.

An der Ecke der Rue Puits-en-Soc gingen sie auseinander, der eine nach rechts, der andere nach links, jeder unterwegs nach Hause.

»Er ist frei, Monsieur! Es wurde festgestellt, daß er unschuldig war!«

Und Monsieur Chabot verließ sein Büro, wartete auf die Straßenbahn Nr. 4, stieg dann beim Wagenführer ein, der ihn seit Jahren kannte.

»Achtung! Bloß keine Panne jetzt! ... Mein Sohn ist frei ... Der Kommissar hat mich persönlich angerufen, daß er sich getäuscht hatte ...«

Es war ungewiß, ob er lachte oder weinte. Jedenfalls hinderte ihn ein Schleier vor den Augen, die vertrauten Straßen zu sehen, die vorbeizogen.

»Vielleicht komme ich sogar vor ihm nach Hause! ... Das wäre gut, denn meine Frau ist imstande, ihn mit Vorwürfen zu empfangen! Es gibt Dinge, die Frauen nicht verstehen ... Haben Sie ihn etwa auch nur einen Augenblick für schuldig gehalten? ... Unter uns? ...«

Er war rührend. Er bettelte den Straßenbahnfahrer fast an, nein zu sagen.

»Ach, ich, wissen Sie ...«

»Sie hatten doch irgendeine Meinung ...«

»Seit meine Tochter einen Nichtsnutz heiraten mußte, der ihr ein Kind gemacht hat, traue ich der Jugend von heute nicht mehr besonders ...«

Maigret hatte sich in den Sessel niedergelassen, in dem Jean Chabot vorhin gesessen hatte, dem Schreibtisch von Kommissar Delvigne zugewandt, von dessen Tabak, der dort lag, er sich bediente.

»Haben Sie die Antwort aus Paris?«

»Woher wissen Sie das?«

»Kommen Sie! Sie hätten es ebenso erraten ... Und dieser Weidenkoffer? Hat man schon herausbekommen, wie er aus dem ›Hotel Moderne‹ geschafft wurde?«

»Nicht im geringsten!«

Kommissar Delvigne war knurrig. Er zürnte seinem Pariser Kollegen.

»Unter uns gesagt, Sie machen sich wohl lustig über uns, oder? Geben Sie zu, daß Sie etwas wissen ...«

»Jetzt bin ich dran, zu sagen: Nicht im mindesten! Und das stimmt! Ich habe ungefähr die gleichen Anhaltspunkte wie Sie. An Ihrer Stelle hätte ich genau gleich gehandelt und die zwei Jungen laufen lassen. Allerdings würde ich versuchen herauszufinden, was Graphopulos wohl im ›Gai-Moulin‹ gestohlen haben mag ...«

»Gestohlen?«

»Oder zu stehlen versuchte!«

»Er? Der Tote? ...«

»Oder wen er wohl tötete ...«

»Jetzt verstehe ich überhaupt nichts mehr!«

»Wohlgemerkt! Tötete oder zu töten versuchte ...«

»Sehen Sie, Sie haben doch Informationen, die mir fehlen ...«

»Kaum! Der wesentliche Unterschied zwischen uns liegt darin, daß Sie ein paar hektische Stunden hinter sich haben, mit ständigem Hin und Her zwischen hier und Staatsanwaltschaft, mit dem Empfang von Leuten, mit Telefonanrufen, während ich in meiner Zelle im Saint-Léonard vollkommene Ruhe genoß ...«

»Und über Ihre dreizehn Punkte nachgedacht haben!« erwiderte Kommissar Delvigne nicht ohne eine Spur von Bissigkeit.

»Noch nicht über alle ... Bloß einige ...«

»Zum Beispiel den Weidenkoffer.«

Maigret zeigte ein unschuldiges Lächeln.

»Immer noch? ... Na, am besten sage ich Ihnen jetzt gleich, daß ich es war, der diesen Koffer aus dem Hotel wegbrachte ...«

»Leer?«

»Niemals! Mit der Leiche drin!«

»Sie wollen also behaupten, daß das Verbrechen ...«

»... im ›Hôtel Moderne‹ begangen wurde, ganz richtig. Im Zimmer von Graphopulos! Und das ist tatsächlich das Ärgerlichste an der ganzen Geschichte ... Haben Sie Streichhölzer?«

9

Der Spitzel

Maigret lehnte sich im Sessel zurück, besann sich kurz, wie es seine Art war, wenn er zu einer längeren Erklärung ansetzte, sagte so einfach wie möglich:

»Sie werden es gleich genauso verstehen wie ich und es mir nicht übelnehmen, daß ich ein bißchen gemogelt habe. Nehmen wir zunächst Graphopulos' Besuch bei der Präfektur in Paris. Er bittet um Polizeischutz. Er gibt keinerlei Erklärung. Schon vom nächsten Tag an verhält er sich, als bedaure er seinen Schritt.

Die erste Hypothese ist, daß es sich um einen Irren handelt, einen Psychopathen, einen Menschen, der an Verfolgungswahn leidet ...

Die zweite ist, daß er sich wirklich bedroht weiß, aber bei näherer Überlegung unter dem Schutz der Polizei nicht sicherer fühlt ...

Die dritte ist, daß er zu einem bestimmten Zeitpunkt auf Bewachung angewiesen war ...

Lassen Sie mich erklären: Da haben wir einen Mann in den besten Jahren, der über ein ansehnliches Vermögen verfügt und allem Anschein nach völlig ungebunden ist. Er kann den Zug nehmen oder das Flugzeug, in jedem beliebigen Luxushotel absteigen.

Welche Drohung kann ihn derart erschrecken, daß er sich an die Polizei wendet? Eine eifersüchtige Frau, die davon redet, ihn umzubringen? Daran glaube ich nicht. Er braucht nur genug Kilometer zwischen sie und sich zu bringen.

Ein persönlicher Feind? Ein Mann wie er, Sohn eines Bankiers, hätte den nötigen Einfluß, ihn verhaften zu lassen!

Doch er hat nicht nur in Paris Angst, sondern auch im Zug und noch in Lüttich ...

Woraus ich folgere, daß ihm nicht eine Einzelperson nachstellt, sondern eine Organisation, und zwar eine internationale Organisation.

Ich wiederhole, er ist reich. Gauner, die nach seinem Geld trachten, würden ihm nicht mit dem Tod drohen, und außerdem könnte er sich wirksam gegen sie schützen, indem er sie anzeigt.

Andrerseits hat er weiter Angst, auch als die Polizei dauernd hinter ihm herläuft ...

Also ist es eine dauernde Bedrohung, eine Bedrohung, die für ihn in jeder Stadt besteht, die er aufsucht, unter allen Umständen!

Genau wie wenn er irgendeiner Geheimgesellschaft angehört, sie verraten hätte und deshalb von ihr zum Tode verurteilt worden wäre ...

Eine Mafia beispielsweise! ... Oder ein Spionagedienst! ... Es gibt viele Griechen im Geheimdienst. Das Deuxième Bureau wird uns sagen, was Papa Graphopulos während des Krieges gemacht hat ...

Nehmen wir an, der Sohn hätte einen Verrat began- gen oder einfach, der Sache müde, seine Absicht erklärt, sich zurückzuziehen. Man droht, ihn umzubringen. Man warnt ihn, das Urteil werde früher oder später vollstreckt. Er sucht mich auf, begreift aber schon am nächsten Tag, daß es nichts nützen wird und beginnt vor lauter Unruhe eine aberwitzige Irrfahrt.

Auch das Gegenteil ist möglich ...«

»Das Gegenteil?« wunderte sich Delvigne, der aufmerksam zuhörte. »Offen gestanden, das verstehe ich nicht.«

»Graphopulos ist das, was man als Sohn reicher Eltern bezeichnet. Er hat nichts zu tun. Im Laufe seiner Reisen schließt er sich irgendeiner Bande an, einer Mafia oder einem Spionagering, als Amateur, aus Abenteuerlust. Er verpflichtet sich zu blindem Gehorsam. Eines Tages befiehlt man ihm zu töten ...«

»Und er wendet sich an die Polizei?«

»Passen Sie auf: Man befiehlt ihm beispielsweise, jemanden hier in Lüttich zu töten. Er ist in Paris. Niemand verdächtigt ihn. Es widerstrebt ihm, zu gehorchen, und um es nicht tun zu müssen, wendet er sich an die Polizei, läßt sich von ihr beschatten. Nun telefoniert er seinen Komplizen, es sei ihm unmöglich, den Auftrag auszuführen, weil er die Polizei auf den Fersen habe. Doch die Komplizen lassen sich nicht beeindrucken und befehlen ihm, trotzdem zu handeln ... Das ist die zweite Erklärung ... Entweder trifft eine von beiden zu, oder unser Mann ist verrückt, und wenn er verrückt ist, besteht keinerlei Grund, ihn tatsächlich umzubringen!«

»Das ist verwirrend«, räumte Delvigne ohne Überzeugung ein.

»Kurzum, als er Paris verläßt, kommt er nach Lüttich, um jemand umzubringen oder sich umbringen zu lassen.«

Und Maigrets Pfeife knisterte. Er trug all das mit völlig natürlicher Stimme vor.

»Zum Schluß ist er es, der getötet wird, aber das beweist nichts. Schauen wir uns nochmals die Ereignisse jenes Abends an. Er sucht das ›Gai-Moulin‹ auf und verbringt den Abend in Gesellschaft der Tänzerin Adèle. Diese verläßt ihn und geht mit mir hinaus. Als ich zurückkehre, gehen der Patron und Victor weg. Dem Anschein nach ist niemand mehr im Lokal. Ich schließe, Graphopulos sei ebenfalls gegangen und suche ihn in den anderen Nachtlokalen der Stadt...

Um vier Uhr morgens kehre ich ins ›Hôtel Moderne‹ zurück. Bevor ich auf mein Zimmer gehe, will ich mich vergewissern, ob mein Grieche nicht da ist. Als ich das Ohr an die Tür lege, höre ich keine Atemzüge. Ich öffne und finde ihn, vollständig angezogen, am Fuß seines Bettes, mit eingeschlagenem Schädel.

Dies ist, so knapp wie möglich zusammengefaßt, meine Ausgangslage. Die Brieftasche ist verschwunden. Im ganzen Zimmer findet sich nicht ein Schriftstück, das mir weiterhelfen könnte, keine Waffe, keine Spur...«

Kommissar Maigret wartete die Anwort seines Kollegen nicht ab und fuhr gleich fort:

»Ich redete vorhin von Mafia und Spionage, jedenfalls von irgendeiner internationalen Organisation, die meiner Meinung nach allein hinter dieser Geschichte stecken kann. Das Verbrechen wurde absolut kunstgerecht verübt. Die Waffe, ein Totschläger vermutlich, ist verschwunden. Es gibt nicht die mindeste Andeutung einer Spur, nicht den geringsten Anhaltspunkt, wo Ermittlungen sinnvoll einsetzen könnten.

Ließe man sie im ›Hôtel Moderne‹ beginnen, unter den üblichen Voraussetzungen, so würden sie mit ziemlicher Sicherheit ergebnislos verlaufen.

Die Leute, die zu diesem Anschlag imstande waren, sind mit angemessener Vorsicht zu Werk gegangen. Sie haben an alles gedacht.

Und da ich davon überzeugt bin, daß sie an alles gedacht haben, bringe ich die Karten durcheinander. Sie haben die Leiche im ›Hôtel Moderne‹ liegen lassen! Na, schön! Also schaffe ich sie in dem Weidenkoffer zum Zoologischen Garten, mit einem Taxifahrer als Komplizen, dessen Schweigen, unter uns gesagt, hundert Franc kostet, was wahrhaftig nicht teuer ist . . .

Am nächsten Tag wird die Leiche dort entdeckt. Können Sie sich die Reaktion des Mörders vorstellen, wie beunruhigt er ist?

Und bestehen da nicht Aussichten, daß er, verunsichert, eine Unvorsichtigkeit begeht?

Ich treibe meine Vorsicht so weit, daß ich mich der hiesigen Polizei nicht vorstelle. Es darf keinerlei Indiskretion geben.

Ich war im ›Gai-Moulin‹. Aller Wahrscheinlichkeit nach war auch der Mörder dort. Nun, ich habe eine Liste aller Gäste jener Nacht und hole Erkundigungen über sie ein, beginnend mit den beiden jungen Leuten, die recht nervös zu sein scheinen.

Die Zahl der möglichen Täter ist gering: Jean Chabot, René Delfosse, Génaro, Adèle und Victor ...

Allenfalls einer der Musiker oder der zweite Kellner, Joseph. Aber ich ziehe es vor, mit den zwei Burschen anzufangen.

Und gerade dann, als ich mich mit ihnen befasse, greifen Sie ein! Verhaftung von Chabot! Flucht von Delfosse! Die Zeitungen, die melden, daß das Verbrechen im ›Gai-Moulin‹ verübt wurde!«

Maigret stieß einen tiefen Seufzer aus, wechselte die Stellung seiner Beine.

»Einen Augenblick dachte ich, man hätte mich übertölpelt. Das will ich gerne gestehen. Die Sicherheit, mit der Chabot behauptete, daß die Leiche eine Viertelstunde nach Schließung des Lokals dort lag.«

»Er hat sie schließlich gesehen!« warf Kommissar Delvigne ein.

»Entschuldigen Sie! Er hat im Schein eines Streichholzes, das nur ein paar Sekunden brannte, undeutlich eine auf dem Boden liegende Gestalt gesehen. Delfosse ist es, der behauptete, es sei eine Leiche gewesen ... Ein Auge offen, das andere geschlossen, wie er sagte ... Doch vergessen Sie nicht, daß sie beide aus einem Keller kamen, in dem sie lange reglos gestanden hatten, daß sie Angst hatten, daß es ihr erster Einbruch war ...

Delfosse hatte die Sache ausgeheckt. Er war es, der seinen Kumpan hineinzog. Und er ist es, der als erster kneift, sobald er den Körper am Boden liegen sieht!

Ein nervöser, kränkelnder, verdorbener Bursche. Anders ausgedrückt, ein Bursche mit Phantasie!

Er hat die Leiche nicht berührt! Er ist nicht näher herangegangen. Er hat kein zweites Streichholz angezündet! Beide sind sie geflohen, ohne die Kassenschublade aufzubrechen ...

Deshalb riet ich Ihnen, herauszufinden, was dieser Graphopulos im ›Gai-Moulin‹ trieb, nachdem er scheinbar weggegangen war ...

Wir haben es weder mit einem Affektdelikt noch mit einem gemeinen Verbrechen oder einem gewöhnlichen Diebstahl zu tun. Dies ist genau die Art von Affäre, die es der Polizei meist nicht aufzuklären gelingt, weil sie sich Leuten gegenüber sieht, die zu intelligent und zu gut organisiert sind!

Und das ist der Grund, weshalb ich mich verhaften ließ. Die Karten schön durcheinanderbringen! Die Täter glauben lassen, daß ihnen nichts passieren kann, daß die Ermittlungen völlig fehlschießen!

Und dadurch eine Unvorsichtigkeit provozieren ...«

Kommissar Delvigne wußte noch nicht, was er von all dem halten sollte. Er musterte seinen Kollegen weiterhin mit sichtlichem Ressentiment, und seine Miene war so komisch, daß Maigret lachen mußte und mit bärbeißiger Herzlichkeit sagte:

»Kommen Sie! Tragen Sie es mir nicht nach! ... Ich habe gemogelt, zugegeben. Ich habe Ihnen nicht gleich gesagt, was ich wußte... Vielmehr, ich habe Ihnen nur eines verschwiegen: die Sache mit dem Weidenkoffer ... Dagegen haben Sie einen Baustein des Puzzles, den ich nicht habe ...«

»Und der wäre?«

»Vielleicht derjenige, der im Moment am wertvollsten ist. So wertvoll, daß ich, bloß um dazuzukommen, Ihnen all das eben erzählte. Der Weidenkoffer ist im Zoologischen Garten aufgefunden worden. Graphopulos hatte nur eine Visitenkarte ohne Adresse bei sich. Und trotzdem waren Sie schon am Nachmittag im ›Gai-Moulin‹ und wußten, daß Chabot und Delfosse sich auf der Kellertreppe versteckt hatten. Wer hat es Ihnen gesagt?«

Kommissar Delvigne lächelte. Jetzt war es an ihm, zu triumphieren. Statt gleich zu antworten, zündete er sich gemächlich seine Pfeife an, drückte die Asche mit dem Zeigefinger fest.

»Natürlich habe ich meine Informanten ...«, erklärte er einleitend.

Wiederum ließ er sich Zeit, hielt es sogar für erforderlich, einige Papiere zurechtzurücken.

»Vermutlich haben Sie sich in Paris ähnlich arrangiert. Im Prinzip leisten alle Nachtlokalbesitzer für mich Spitzeldienste. Dafür läßt man ihnen kleine Unregelmäßigkeiten durchgehen.«

»Somit war es Génaro?«

»Genau!«

»Génaro ist rapportieren gekommen, daß Graphopulos den Abend in seinem Lokal verbracht hat?«

»Richtig!«

»War er es, der die Zigarettenasche auf der Kellertreppe entdeckte?«

»Victor hat ihn darauf hingewiesen, und er hat mich gebeten, mir die Spuren selber anzusehen ...«

Maigret wurde umso mürrischer, je mehr sein Kollege zum Optimismus zurückfand.

»Wir haben keine Zeit verloren, das müssen Sie zugeben!« fuhr Delvigne fort. »Chabot wurde verhaftet. Und ohne Monsieur Delfosses Eingreifen wären die beiden Burschen noch im Gefängnis. Wenn sie unschuldig sind an dem Mord, was noch nicht erwiesen ist, so haben sie immerhin versucht, in das Lokal einzubrechen.«

Er sah sein Gegenüber an und vermochte ein ironisches Lächeln nur schlecht zu unterdrücken.

»Das scheint Sie zu verwirren ...«

»Jedenfalls vereinfacht es nichts.«

»Was vereinfacht nichts?«

»Génaros Verhalten.«

»Geben Sie zu, daß Sie ihn als Mörder betrachteten ...«

»Ihn nicht mehr als einen der anderen. Überdies beweist sein Verhalten gar nichts. Es deutet höchstens darauf hin, daß er ungemein gerissen ist.«

»Wollen Sie noch weiter im Gefängnis bleiben?«

Maigret spielte mit seiner Streichholzschachtel. Er ließ sich Zeit mit der Antwort. Und als er sprach, hatte es den Anschein, als spräche er zu sich selbst.

»Graphopulos ist nach Lüttich gekommen, um jemanden umzubringen oder sich umbringen zu lassen ...«

»Das ist nicht bewiesen!«

Und Maigret, in plötzlichem Zorn:

»Rotznasen!«

»Wen meinen Sie?«

»Diese Bengel, die alles verdorben haben! Es sei denn ...«

»Was?«

»Nichts!«

Er stand auf, ging mit großen Schritten in dem Büro hin und her, dessen Luft sie zu zweit mit ihren Pfeifen gründlich verpestet hatten.

»Wenn die Leiche im Hotelzimmer geblieben wäre und man die normale Tatbestandsaufnahme hätte durchführen können, vielleicht hätten wir dann ...«, begann Kommissar Delvigne.

Maigret blickte ihn grimmig an.

Tatsächlich waren sie beide gleich schlechter Laune, und das beeinträchtigte ihre Beziehung. Beim geringsten Widerwort waren sie bereit, sich Grobheiten an den Kopf zu werfen, und es fehlte wenig und sie hätten sich gegenseitig für den Mißerfolg verantwortlich gemacht.

»Haben Sie keinen Tabak?«

Maigret sagte das, als hieße es:

›Sie sind ein Blödian!‹

Er nahm den Tabaksbeutel, den sein Kollege ihm entgegenstreckte, und stopfte seine Pfeife.

»He da! Stecken Sie ihn nicht ein, gefälligst ...«

Das brachte die Entspannung. Mehr brauchte es dazu nicht. Maigret sah den Tabaksbeutel an, dann seinen Gesprächspartner mit dem roten Schnurrbart, versuchte vergeblich ein Lächeln zu unterdrücken, zuckte die Achseln.

Und auch Kommissar Delvigne lächelte. Sie verstanden sich gegenseitig. Nur der Form halber behielten sie noch eine bärbeißige Miene bei.

Mit beherrschter Stimme, der seine Verlegenheit anzumerken war, nahm der Belgier als erster die Diskussion wieder auf:

»Was machen wir nun?«

»Alles, was ich weiß, ist, daß Graphopulos umgebracht worden ist!«

»In seinem Hotelzimmer!«

Es war die letzte Spitze.

»In seinem Hotelzimmer, ja! Entweder von Génaro, Victor, Adèle oder von einem der zwei Burschen. Keiner von ihnen hat das geringste Alibi. Génaro und Victor behaupten, sie hätten sich an der Ecke der Rue Haute-Sauvenière getrennt und seien beide nach Hause gegangen. Adèle beteuert, sie hätte allein geschlafen, Chabot und Delfosse haben Miesmuscheln und Pommes frites gegessen ...«

»Während Sie die Nachtlokale abklapperten!«

»Und Sie selig schliefen!«

Mittlerweile scherzten sie schon fast miteinander.

»Der einzige Anhaltspunkt«, brummte Maigret, »ist die Tatsache, daß Graphopulos sich im ›Gai-Moulin‹ einschließen ließ, um dort etwas zu stehlen oder jemand zu töten. Als er ein Geräusch hörte, hat er den toten Mann gespielt, ohne zu ahnen, daß die Rolle knapp eine Stunde später tödliche Wirklichkeit sein würde ...«

Dringliches Klopfen an der Tür, die aufging. Ein Inspektor trat ein.

»Monsieur Chabot möchte Sie sprechen, wenn er Sie nicht stört.«

Maigret und Delvigne sahen sich an.

»Lassen Sie ihn hereinkommen!«

Der Buchhalter war bewegt. Er wußte nicht, wie er

seinen Hut halten sollte, und zögerte, als er Maigret im Büro erblickte.

»Entschuldigen Sie, daß ich ...«

»Haben Sie mir etwas zu sagen?«

Er kam ungelegen. Es war nicht der Moment für lange Höflichkeiten.

»Ja ... Das heißt ... Verzeihen Sie, bitte ... Ich wollte Ihnen sehr herzlich danken für ...«

»Ist Ihr Sohn zu Hause?«

»Er ist vor einer Stunde nach Hause gekommen ... Er hat mir gesagt ...«

»Was hat er Ihnen gesagt?«

Es war zugleich albern und kläglich. Monsieur Chabot rang um Haltung. Er war voll guten Willens. Aber die schroffen Fragen brachten ihn aus dem Konzept, daß er die Rede vergaß, die er sich zurechtgelegt hatte. Eine rührende kleine Rede, die daran scheiterte, daß dafür die Stimmung falsch war.

»Er hat mir gesagt ... Das heißt, ich wollte Ihnen für Ihre Freundlichkeit danken, die Sie ... Im Grund ist er kein schlechter Junge ... Aber sein Umgang und eine gewisse Charakterschwäche ... Er hat mir geschworen ... Seine Mutter muß das Bett hüten, und in ihrer Gegenwart hat er ... Ich verspreche Ihnen, Herr Kommissar, er wird nie wieder ... Er ist doch unschuldig, nicht wahr? ...«

Dem Buchhalter versagte die Stimme. Aber er gab sich große Mühe, seine Fassung und Würde zu bewahren.

»Er ist mein einziger Sohn, und ich möchte ... Ich bin vielleicht zu nachsichtig gewesen ...«

»Viel zu nachsichtig, ja.«

Das brachte Monsieur Chabot endgültig aus der Fassung. Maigret wandte den Kopf ab, weil er merkte, daß dieser Mann mit seinen vierzig Jahren, den schmalen Schultern und dem mit der Brennschere gelegten Schnurrbart gleich zu weinen anfangen würde.

»Ich verspreche Ihnen, künftig ...«

Und da er nicht weiterwußte, stammelte er:

»Meinen Sie, ich sollte dem Untersuchungsrichter schreiben, um ihm zu danken?«

»Einverstanden! Einverstanden!« knurrte Kommissar Delvigne und schob ihn zur Tür. »Das ist ein ausgezeichneter Gedanke!«

Damit hob er den Hut auf, der zu Boden gefallen war, drückte ihn seinem Besitzer in die Hand, der noch eine ganze Weile rückwärts ging.

»Dem Vater von Delfosse wird es nie einfallen, uns zu danken«, meinte Kommissar Delvigne, als sich die Tür geschlossen hatte. »Allerdings diniert er jede Woche beim Provinzgouverneur, und mit dem Generalstaatsanwalt duzt er sich. Na, ja! ...«

Dieses »Na, ja!« ließ recht viel Überdruß und Verachtung erraten, ebenso wie die Geste, mit der er die über den Schreibtisch verstreuten Papiere zusammenraffte.

»Was machen wir?«

Um diese Stunde schlief Adèle wohl noch in ihrem unordentlichen Zimmer, das nach Bett und Küche roch. Im ›Gai-Moulin‹ gingen jetzt Victor und Joseph träge von Tisch zu Tisch, wischten die Marmorplatten ab und polierten die Spiegel mit Schlemmkreide.

»Herr Kommissar! ... Da ist der Redakteur der ›Gazette de Liège‹, dem Sie versprochen haben ...«

»Er soll warten!«

Maigret hatte sich mißmutig wieder in eine Ecke gesetzt.

»Sicher ist jedenfalls«, stellte Kommissar Delvigne plötzlich fest, »daß Graphopulos tot ist!«

»Das ist eine Idee!« entgegnete Maigret.

Der andere sah ihn an, hielt es für Ironie.

Und Maigret fuhr fort:

»Ja! Das ist noch das Beste, was wir im Augenblick tun können. Wieviele Inspektoren sind im Moment da?«

»Zwei oder drei. Warum?«

»Läßt sich dieses Büro abschließen?«

»Natürlich!«

»Ich nehme an, Sie können sich auf Ihre Inspektoren besser verlassen als auf Ihre Gefängniswärter?«

Kommissar Delvigne verstand noch immer nicht.

»Nun ... Geben Sie mir Ihren Revolver ... Nur keine Angst! Ich werde gleich schießen ... Einen Augenblick später gehen Sie raus und verkünden, der Mann mit den breiten Schultern habe Selbstmord begangen, was einem Geständnis entspricht, und damit sei die Untersuchung abgeschlossen ...«

»Sie wollen?«

»Achtung! Ich schieße ... Sorgen Sie vor allem dafür, daß nachher niemand hier reinplatzt ... Kann man notfalls durch dieses Fenster hinaus?«

»Was haben Sie vor?«

»Ein Einfall ... Verstanden? ...«

Und Maigret schoß in die Luft, nachdem er sich mit dem Rücken zur Tür in einen Sessel gesetzt hatte. Er dachte nicht einmal daran, die Pfeife aus dem Mund zu nehmen. Doch das spielte keine Rolle. Als die Leute aus den andern Büros herbeiliefen, hielt Kommissar Delvigne sie an der Tür auf und murmelte unsicher:

»Keine Aufregung ... Der Mörder hat sich umgebracht ... Er hat gestanden ...«

Damit ging er hinaus, schloß die Tür hinter sich ab, während Maigret sich mit denkbar vergnügter Miene durchs Haar fuhr.

»Adèle ... Génaro ... Victor ... Delfosse und Chabot ...«, sagte er wie eine Litanei auf.

Im großen Büro machte sich der Reporter der ›Gazette de Liège‹ Notizen.

»Sie sagen, er hat alles gestanden? ... Und man hat seine Identität noch nicht feststellen können? ... Wunderbar! ... Kann ich Ihr Telefon benützen? ... In einer Stunde kommt die Börsenausgabe heraus ...«

»Hört mal!« rief von der Tür her ein Inspektor triumphierend. »Die Pfeifen sind da! Wann wollt ihr sie euch aussuchen?«

Aber Kommissar Delvigne zupfte ohne Begeisterung an seinem Schnurrbart.

»Später ...«

»Denkt nur, die sind noch zwei Franc billiger als ich dachte!«

»Wirklich!«

Und er verriet, was ihn tatsächlich beschäftigte, als er knurrend zwischen den Zähnen hervorstieß:

»Der mit seiner Mafia! ...«

10

Zwei Männer im Dunkeln

Können Sie sich auf Ihre Leute verlassen?«

»Jedenfalls wird niemand auf die Idee kommen, daß sie von der Polizei sind, aus dem einfachen Grund, weil sie es nicht sind. Ins ›Gai-Moulin‹ habe ich meinen Schwager aus Spa gesetzt, der für zwei Tage nach Lüttich gekommen ist. Adèle wird von einem Steuerbeamten überwacht. Die anderen sind gut versteckt oder gut getarnt . . .«

Die Nacht war kühl, und ein Nieselregen machte den Asphalt schmierig. Maigret hatte seinen dicken schwarzen Mantel bis zum Hals zugeknöpft, und ein Schal bedeckte das halbe Gesicht.

Überdies hielt er sich achtsam im Dunkel des Sträßchens, von dem aus man in einiger Entfernung das Leuchtschild des ›Gai-Moulin‹ sehen konnte.

Kommissar Delvigne, dessen Tod die Zeitungen nicht zu vermelden hatten, brauchte nicht soviel Vorsicht walten zu lassen. Er hatte nicht einmal einen Mantel an, und als der Regen einsetzte, lästerte er undeutlich vor sich hin. Sie hatten um halb neun Uhr, noch vor Öffnung des Nachtlokals, ihre Posten bezogen. Nacheinander sah man, als weitaus ersten, Victor ankommen, dann Joseph, dann den Patron. Letzterer hatte gerade eigenhändig das Leuchtschild eingeschaltet, als die Musiker ihrerseits aus der Rue du Pont-d'Avroy herauskamen.

Punkt neun Uhr setzten die verschwommenen Jazzklänge ein, der Pikkolo bezog seinen Posten an der Tür und zählte das Kleingeld, das er in der Tasche hatte.

Ein paar Minuten später betrat Delvignes Schwager das Lokal, bald darauf auch der Steuerbeamte.

Der Kommissar faßte die strategische Lage wie folgt zusammen:

»Von diesen beiden und den zwei in der Seitengasse beim Nebeneingang postierten Polizisten abgesehen, überwacht jemand Adèles Wohnung in der Rue de la Régence, sodann ein Mann das Haus der Delfosses und einer die Tür der Chabots. Schließlich wird noch das Zimmer beobachtet, das Graphopulos im ›Hotel Moderne‹ bewohnt hat.«

Maigret sagte nichts. Die Idee stammte von ihm. Die Zeitungen hatten den Selbstmord von Graphopulos' Mörder gemeldet. Sie deuteten an, daß die Untersuchung abgeschlossen sei und der Fall letzten Endes auf recht gewöhnliche Proportionen zusammengeschrumpft.

»Entweder wir schaffen es heute nacht«, hatte er zu seinem Kollegen gesagt, »oder dann können wir uns darauf gefaßt machen, uns noch monatelang mit dem Fall herumzuschlagen.«

Und nun ging er langsam und gewichtig hin und her, her und hin, Wölkchen von Pfeifenrauch ausstoßend, den Kopf in den Mantelkragen geduckt, und begegnete bloß knurrend den Versuchen seines Kollegen, eine Unterhaltung in Gang zu bringen.

Kommissar Delvigne, der diese Gelassenheit nicht besaß, hatte das Bedürfnis zu reden, und sei es nur, um die Zeit totzuschlagen.

»Wer wird sich Ihrer Meinung nach rühren?«

Doch der andere warf ihm nur einen entgeisterten Blick zu, der zu sagen schien:

›Was soll denn das Geschwätz? ...‹

Es war kurz vor zehn, als Adèle eintraf, in diskreter Entfernung gefolgt von einer Silhouette, die jene des Kriminalbeamten war. Er ging an seinem Chef vorbei, zischte im Vorbeigehen:

»Nichts! ...«

Und er flanierte weiter durch die Nachbarschaft. Man sah in der Ferne die hell erleuchtete Rue du Pont-d'Avroy, auf der alle zwei, drei Minuten Straßenbahnen daherkamen und trotz des Regens eine dichte Menge langsam vorbeiging. Es ist der traditionelle Spaziergang der Lütticher. Auf der breiteren Hauptstraße herrscht stets Gedränge: Familien, junge Mädchen Arm in Arm, Gruppen junger Burschen, die die Vorübergehenden mustern, und einige elegante Flaneure, gemessenen Schrittes und so steif, als gingen sie in Gold gekleidet.

In den kleinen Querstraßen liegen mehr oder minder zweifelhafte Nachtlokale wie das ›Gai-Moulin‹. An den Wänden schattenhafte Gestalten. Manchmal eine Frau, die aus dem Licht heraustritt, in die Dunkelheit eintaucht, stehenbleibt und auf ihren Begleiter wartet.

Kurzes Getuschel. Ein paar Schritte bis zu einem Hotel, dessen Eingang eine Kugellampe aus Mattglas bezeichnet.

»Sie versprechen sich wirklich Erfolg?«

Maigret bemühte sich mit einem Achselzucken. Und sein Blick war so gleichmütig, daß er geradezu töricht wirkte.

»Jedenfalls glaube ich nicht, daß es Chabot heute in den Sinn kommt auszugehen. Zumal seine Mutter bettlägerig ist!«

Kommissar Delvigne mochte sich mit diesem hartnäckigen Schweigen nicht abfinden. Er betrachtete seine neue Pfeife, die noch nicht eingeraucht war.

»Übrigens, erinnern Sie mich doch morgen daran, daß ich Ihnen eine gebe. Dann haben Sie wenigstens ein Andenken an Lüttich ...«

Zwei Gäste betraten das ›Gai-Moulin‹.

»Ein Schneider aus der Rue Hors-Château und der Besitzer einer Autowerkstatt«, verkündete Kommissar Delvigne. »Beides Stammgäste. Bonvivants, wie man hier sagt ...«

Doch dann kam jemand heraus, den sie sich genau ansehen mußten, um ihn zu erkennen. Es war Victor, der seine Arbeitskleidung gegen einen Straßenanzug und einen Mantel vertauscht hatte. Er ging rasch. Ein Inspektor heftete sich sogleich an seine Fersen.

»Schau ... schau! ...« zischte Kommissar Delvigne und pfiff durch die Zähne.

Maigret seufzte tief und warf seinem Gefährten einen mörderischen Blick zu. Konnte dieser Belgier wahrhaftig nicht ein paar Minuten still sein? ...

Maigret hatte die Hände in den Taschen vergraben. Und ohne daß man ihm seine gespannte Aufmerksamkeit anmerkte, erfaßte sein Blick auch die geringsten Veränderungen in der Umgebung.

Er war der erste, der René Delfosse erspähte, mit seinem mageren Hals, die Silhouette seiner ungesunden Jünglingsgestalt, wie sie zögernd in die Straße einbog, zweimal den Gehsteig wechselte und schließlich auf den Eingang des ›Gai-Moulin‹ losging.

»Schau, schau!« wiederholte Kommissar Delvigne.

»Ja!«

»Was meinen Sie damit?«

»Nichts!«

Wenn Maigret auch weiterhin nicht reden wollte, so war er jetzt doch derart interessiert, daß er einiges von seiner Gelassenheit verlor. Er trat etwas vor, ein wenig achtlos, denn eine Gaslaterne ließ tüchtig die obere Hälfte seines Gesichts erkennen. Es dauerte nicht lang. Delfosse blieb kaum zehn Minuten in dem Lokal. Als er wieder herauskam, ging er rasch und in Richtung der Rue du Pont-d'Avroy davon.

Einige Sekunden später wiederum kam Delvignes Schwager heraus, sah sich suchend um. Es war ein leiser Pfiff nötig, um ihn auf sie aufmerksam zu machen.

»Nun?«

»Delfosse hat sich an den Tisch der Tänzerin gesetzt ...«

»Und dann?«

»Dann haben sie zusammen die Toilette aufgesucht, worauf er weggegangen ist, während sie sich wieder hinsetzte ...«

»Hatte Adèle ihre Handtasche dabei?«

»Ja! ... Ein Täschchen aus schwarzem Samt ...«

»Gehen wir! ...« sagte Maigret.

Und er schritt so schnell aus, daß seine Begleiter ihm nur mit Mühe zu folgen vermochten.

»Was soll ich tun?« fragte der Schwager.

Maigret zog Kommissar Delvigne mit sich.

»Sie gehen wieder hinein natürlich!«

In der Rue du Pont-d'Avroy konnten sie den jungen Mann nicht sehen, der hundert Meter Vorsprung in der dichten Menge hatte. Doch als sie an die Ecke der Rue de la Régence kamen, nahmen sie undeutlich eine Gestalt wahr, die den Häusern fast im Laufschritt entlangeilte.

»Schau, schau! ...« entfuhr es Kommissar Delvigne unwillkürlich.

»Er geht in ihr Zimmer, jawohl!« stellte Maigret fest. »Er hat sich von ihr den Schlüssel geben lassen.«

»Und das bedeutet?«

Delfosse betrat das Haus, machte die Tür hinter sich zu und war nun wahrscheinlich dabei, die Treppe hinaufzusteigen.

»Was tun wir jetzt?«

»Einen Augenblick ... Wo ist Ihr Beamter? ...«

Dieser näherte sich gerade, unsicher, ob er seinen Chef ansprechen sollte oder so tun, als kenne er ihn nicht.

»Komm her, Girard! Wie steht's?«

»Vor fünf Minuten hat jemand das Haus betreten. Ich habe im Zimmer einen Lichtschimmer gesehen, als ginge dort jemand mit einer Taschenlampe umher ...«

»Gehen wir!« sagte Maigret.

»Da hinauf?«

»Wohin sonst? ...«

Um die Eingangstür zu öffnen, brauchten sie nur den Türknopf zu drehen, denn in belgischen Häusern gibt es keine Concierges.

Das Treppenhaus war nicht erleuchtet. Aus Adèles Zimmer drang keinerlei Licht. Hingegen hörte Maigret, sowie er die Tür anstieß, die gleich nachgab, gedämpfte Geräusche, als kämpften zwei Männer auf dem Fußboden.

Kommissar Delvigne hatte bereits seinen Revolver aus der Tasche gezogen, und Maigret tastete automatisch die Wand zu seiner Linken ab, fand einen Schalter und drehte das Licht an.

Die Szene, die sich darbot, war ebenso komisch wie tragisch.

Zwei Männer waren da tatsächlich in heftigem Kampf verstrickt. Doch das Licht überraschte sie zugleich wie die Geräusche, und sie hielten inne, noch aneinander geklammert. Eine Hand hielt eine Kehle gepackt. Graue Haare waren in wirrer Unordnung.

»Keine Bewegung!« befahl Kommissar Delvigne. »Hände hoch!«

Er schloß die Tür hinter sich, ohne den Revolver zu senken. Und Maigret nahm mit erleichtertem Seufzer seinen Schal ab, öffnete den Mantel und atmete tief durch, wie einer, dem recht heiß gewesen war.

»Wird's bald! ... Hoch mit den Händen!«

René Delfosse fiel um, weil er aufstehen wollte und sein rechtes Bein unter jenem von Victor eingeklemmt war.

Der Blick von Kommissar Delvigne schien um Rat zu bitten. Delfosse und der Kellner hatten sich inzwischen aufgerichtet, bleich, betreten, die Kleider durcheinander.

Von den beiden war der junge Mann wesentlich erregter und mitgenommener, und er schien überhaupt nicht zu begreifen, was ihm geschah. Mehr noch, er starrte Victor fassungslos an, als hätte er nie erwartet, ihm da zu begegnen.

Mit wem meinte er wohl zu kämpfen?

»Keine Bewegung mehr!« sagte Maigret, der endlich den Mund aufmachte. »Ist die Tür abgeschlossen, Kommissar?«

Er trat zu dem Kollegen, flüsterte ihm ein paar Worte zu. Und Monsieur Delvigne winkte durchs Fenster Inspektor Girard herauf, ging ihm zum Treppenabsatz entgegen.

»Nimm so viele Männer, wie du finden kannst, riegle das ›Gai-Moulin‹ ab. Niemand darf raus! Laß aber jeden rein, der will ...«

Er ging zurück in das Zimmer, wo auf dem Bett ein weißer Überwurf an Schlagsahne denken ließ.

Victor muckste sich noch immer nicht. Er hatte einen richtigen Kellnerkopf wie Karikaturisten ihn gerne darstellen: spärliche Haare, gewöhnlich über eine kahle Stelle frisiert, nun aber zerzaust, teigige Züge, verklebte Augen.

Er hielt die Schultern schief, als wollte er möglichst wenig Angriffsfläche bieten, und es war schwer zu entscheiden, wohin seine unsteten Augen blickten.

»Ihre erste Verhaftung ist das nicht, was?« bellte Maigret und schien seiner Sache sehr sicher zu sein.

Er konnte es sein. So etwas sah er auf den ersten Blick. Man spürte den Menschen, der seit langem darauf gefaßt ist, sich der Polizei gegenüber zu sehen, und der solche Begegnungen gewöhnt ist.

»Ich verstehe nicht, was Sie meinen. Adèle hat mich gebeten, Ihr etwas zu holen ...«

»Zweifellos ihren Lippenstift?«

»... Ich habe ein Geräusch gehört. Jemand ist hereingekommen ...«

»Und Sie haben sich auf ihn gestürzt! Mit anderen Worten, Sie haben den Lippenstift im Dunklen gesucht. Achtung! Die Hände hübsch oben lassen, gefälligst ...«

Den beiden Männern wurden die Arme allmählich schwer, die sie zur Decke streckten. Delfosses Hände zitterten. Er versuchte sich das Gesicht an einem Ärmel abzuwischen, ohne daß er es wagte, einen Arm zu senken.

»Und Sie, was wollte Adèle von Ihnen hier geholt haben?«

Die Zähne des Burschen schlugen aufeinander, doch er wußte nichts zu antworten.

»Behalten Sie sie im Auge, Delvigne?«

Und Maigret ging im Zimmer umher. Auf dem Nachttisch fanden sich die Reste eines Koteletts, Brotkrümel, ein Glas und eine angebrochene Flasche Bier. Er bückte sich, um unter das Bett zu sehen, zuckte die Achseln, öffnete den Wandschrank, der nur Kleider, Wäsche und alte Schuhe mit abgetretenen Absätzen enthielt.

Dann bemerkte er einen Stuhl, der neben die Garderobe gerückt worden war, stieg hinauf, fuhr mit der Hand über deren Oberseite und holte eine Aktentasche aus schwarzem Leder herunter.

»Da haben wir's!« sagte er, und kletterte vom Stuhl. »Ist das der Lippenstift, Victor?«

»Ich weiß nicht, was Sie damit sagen wollen!«

»Na, ist das nicht das Ding, das Sie holen kamen?«

»Ich habe diese Mappe noch nie gesehen.«

»Ihr Pech! Und Sie, Delfosse?«

»Ich ... Ich schwöre ...«

Er vergaß den Revolver, der auf ihn gerichtet war, warf sich Kopf voran aufs Bett und brach in krampfhaftes Schluchzen aus.

»Nun, mein guter Victor, gibt's nichts zu sagen? Nicht einmal, warum es zu der Balgerei mit dem jungen Mann da kam?«

Und Maigret setzte den schmutzigen Teller, das Glas und die Flasche auf den Boden, legte stattdessen die Aktentasche auf den Nachttisch und öffnete sie.

»Papiere, die uns nichts angehen, Delvigne. Das alles werden Sie dem Deuxième Bureau übergeben müssen ... Sieh da! Da sind Blaupausen eines neuen Maschinengewehrs aus der Waffenfabrik in Herstal ... Und das hier sieht nach Umbauplänen für eine Festung aus ... Hm! ... Chiffrierte Briefe; mit denen müssen sich die Spezialisten befassen ...«

Im Kamin knisterten in einem Gitterkorb die Reste eines Brikettfeuers. Plötzlich, als niemand darauf gefaßt war, stürzte Victor zum Nachttisch und ergriff die Papiere.

Maigret schien diesen Versuch vorausgesehen zu haben, denn während Kommissar Delvigne noch zögerte, zu schießen, landete seine Faust mitten im Gesicht des Kellners, der taumelte, ohne dazu zu kommen, die Papiere ins Feuer zu werfen.

Die Blätter lagen verstreut. Victor hielt sich mit beiden Händen die linke Wange, die knallrot anlief. Es ging alles sehr rasch. Und doch hätte Delfosse die Gelegenheit um Haaresbreite genutzt. Blitzschnell war er vom Bett aufgestanden und schon fast hinter Kommissar Delvigne vorbei, als dieser es merkte und ihm ein Bein stellte.

»Wie sieht's jetzt aus?« fragte Maigret.

»Ich sag trotzdem nichts«, knurrte Victor wütend.

»Hab ich dich denn etwas gefragt?«

»Ich habe Graphopulos nicht getötet ...«

»Was dann?«

»Sie sind gemein! Mein Anwalt ...«

»Ach, einen Anwalt hast du auch schon? ...«

Kommissar Delvigne beobachtete seinerseits den Jungen und bemerkte, wie dessen Blick wiederholt zur Oberseite der Garderobe ging.

»Ich glaube, dort oben ist noch etwas«, sagte er.

»Wahrscheinlich!« erwiderte Maigret und kletterte erneut auf den Stuhl.

Seine Hand mußte lange herumtasten. Endlich kam sie mit einer Brieftasche aus blauem Leder zum Vorschein, die er öffnete.

»Die Brieftasche Graphopulos'«, verkündete er. »Dreißig Tausendfrancscheine, Papiere ... Sieh da! Ein Zettel mit einer Adresse: *›Gai-Moulin‹, Rue du Pont-d'Or* ... Und in einer anderen Handschrift: *Niemand schläft in dem Gebäude* ...«

Maigret kümmerte sich um niemanden mehr. Er verfolgte seine bestimmte Idee, untersuchte einen der chiffrierten Briefe, zählte gewisse Zeichen.

»Eins, zwei, drei ... elf, zwölf! Ein Wort mit zwölf Buchstaben ... Das heißt Graphopulos ... In der Mappe ...«

Schritte im Treppenhaus. Energisches Klopfen an der Tür. Das lebhafte Gesicht Inspektor Girards.

»Das ›Gai-Moulin‹ ist umstellt. Niemand kommt weg. Aber ...

Vor wenigen Minuten ist Monsieur Delfosse dort erschienen und wollte seinen Sohn sprechen ... Er hat Adèle beiseite genommen ... Dann ist er wieder gegangen ... Ich hielt es für richtig, ihn durchzulassen und ihm zu folgen ... Als ich merkte, daß er hierher will, bin ich vorausgelaufen ... Da! ... Er kommt die Treppe rauf ...«

Und tatsächlich, jemand stolperte, tastete sich den Gang entlang, klopfte schließlich an die Tür.

Maigret öffnete selbst und verbeugte sich vor dem Mann mit dem silbergrauen Schnurrbart, der ihm einen herablassenden Blick zuwarf.

»Ist mein Sohn ...«

Dann sah er ihn dastehen, in jämmerlicher Haltung, schnalzte mit den Fingern, sagte scharf:

»Los! Nach Hause! ...«

Beinahe artete die Szene aus. René blickte entsetzt um sich, verkrallte sich in dem Bettüberwurf, klapperte noch heftiger mit den Zähnen.

»Einen Moment!« schaltete sich Maigret ein. »Nehmen Sie doch bitte Platz, Monsieur Delfosse!«

Dieser sah sich mit einem gewissen Abscheu in dem Zimmer um.

»Sie wollen mich sprechen? Wer sind Sie?«

»Das spielt keine Rolle! Kommissar Delvigne wird es Ihnen zu gegebener Zeit sagen. Haben Sie Ihrem Sohn Vorhaltungen gemacht, als er nach Hause kam?«

»Ich habe ihn in sein Zimmer eingesperrt, mit der Weisung, meinen weiteren Entscheid abzuwarten.«

»Und wie lautet Ihr Entscheid?«

»Weiß ich noch nicht. Zweifellos werde ich ihn ins Ausland schicken, zu einem Praktikum in einer Bank oder in einem Handelsunternehmen. Es wird Zeit, daß er Manieren lernt.«

»Nein, Monsieur Delfosse ...«

»Was heißt das?«

»Es heißt einfach, daß es dazu zu spät ist. Ihr Sohn hat in der Nacht von Mittwoch auf Donnerstag Graphopulos umgebracht, um ihn zu berauben ...«

Maigret fing mit der Hand den Rohrstock mit dem goldenen Knauf auf, der auf ihn niedersauste. Und mit hartem Griff entwand er ihn seinem Besitzer, der mit einem Ächzen losließ. Dann untersuchte er ihn gelassen, wog ihn in der Hand und bemerkte:

»Und ich bin fast sicher, daß die Tat mit diesem Stock begangen worden ist!«

Den Mund wie im Krampf aufgerissen, versuchte René zu schreien, brachte jedoch keinen Ton zustande. Er war nur noch ein armseliges Nervenbündel, ein erbarmungswürdiges Häufchen Angst.

»Ich hoffe, du wirst das gleich aufklären!« warf ihm Monsieur Delfosse ungerührt zu. »Und Sie, mein lieber Kommissar, dürfen gewiß sein, daß ich meinen Freund, den Generalstaatsanwalt ...«

Maigret wandte sich an Inspektor Girard.

»Holen Sie Adèle! ... Nehmen Sie einen Wagen! ... Bringen Sie auch Génaro ...«

»Ich glaube ...«, begann Kommissar Delvigne und trat auf Maigret zu.

»Ja, ja! ...« brummte dieser, wie man ein Kind beschwichtigt.

Und er ging umher, auf und ab, die ganzen sieben Minuten lang, die zur Ausführung seines Auftrags nötig waren.

Motorengeräusch. Schritte auf der Treppe. Die Stimme Génaros, der protestierte:

»Das werden Sie mit meinem Konsul auszumachen haben ... Unerhört! ... Ein konzessionierter Geschäftsmann, den man ... Vor Augen von fünfzig Gästen ...«

Als er eintrat, suchte sein Blick Victor und schien diesen etwas zu fragen.

Victor war großartig.

»Wir sind erledigt!« stellte er einfach fest.

Die Tänzerin, halbnackt unter ihrem Kleid, das ihre Formen betonte, musterte ihr Zimmer und ließ resigniert die Schultern sinken.

»Antworten Sie einfach auf meine Fragen! Hat Graphopulos Sie im Laufe des Abends aufgefordert, ihn in seinem Hotelzimmer aufzusuchen? ...«

»Ich bin nicht hingegangen!«

»Er hat es Ihnen also vorgeschlagen! Er hat Ihnen gesagt, daß er im ›Hotel Moderne‹, Zimmer 18, wohnte ...«

Sie senkte den Kopf.

»Chabot und Delfosse, die an einem benachbarten Tisch saßen, haben das hören können. Um wieviel Uhr ist Delfosse hierher gekommen?«

»Ich habe geschlafen! Vielleicht um fünf Uhr morgens ...«

»Was hat er gesagt?«

»Er hat mir vorgeschlagen, mit ihm wegzugehen ... Er wollte mit dem Schiff nach Amerika ... Er hat gesagt, er sei reich ...«

»Haben Sie abgelehnt? ...«

»Ich war ganz verschlafen ... Ich habe ihm gesagt, er soll sich hinlegen ... Aber das wollte er nicht ... Dann habe ich ihn gefragt, weil er so nervös war, ob er was angestellt hat ...«

»Was hat er geantwortet?«

»Er hat mich angefleht, eine Brieftasche in meinem Zimmer zu verstecken!«

»Und Sie haben ihm die Garderobe gezeigt, wo eine Aktentasche lag ...«

Sie zuckte die Achseln, seufzte:

»Da hilft nichts! ...«

»War's so?«

Keine Antwort. Monsieur Delfosse blickte herausfordernd in die Runde.

»Ich würde gerne erfahren ...«, begann er.

»Sie werden es gleich erfahren, Monsieur Delfosse!

Ich bitte Sie, sich bloß noch einen Augenblick zu gedulden ...«

Den brauchte er, um sich eine Pfeife zu stopfen!

11

Der Anfänger

Beginnen wir in Paris mit Graphopulos, der um Polizeischutz bittet, und am folgenden Tage versucht, den ihm zugeteilten Inspektor abzuschütteln. Erinnern Sie sich an das, was ich Ihnen gesagt habe, Delvigne?

Meine Idee von wegen Mafia und Spionage ... Nun, es geht um eine Spionageaffäre. Graphopulos ist reich, ohne Beschäftigung. Das Abenteuer reizt ihn, wie viele Leute seines Schlages.

Im Laufe seiner Reisen begegnet er irgendeinem Geheimagenten und erzählt ihm von seinem Wunsch, ebenfalls ein solches Leben voller unvorhergesehener Ereignisse und Geheimnisse zu führen.

Geheimagent! Ein Wort, das so viele Dummköpfe zum Träumen bringt!

Sie stellen sich vor, die Arbeit bestehe aus ... Aber lassen wir das! Graphopulos hat sich diesen Gedanken nun einmal in den Kopf gesetzt. Der Agent, an den er sich wendet, kann von sich aus ein Angebot nicht ausschlagen, das immerhin in Frage kommen mag.

Unbekannt ist gewöhnlich, daß man zunächst einmal nur Probeaufträge bekommt ... Der Mann ist intelligent, vermögend, er reist viel ... Aber vor allem gilt es herauszufinden, ob er kaltblütig und diskret sein kann ...

Man gibt ihm einen ersten Auftrag: Er soll nach Lüttich fahren und in einem Nachtklub Dokumente stehlen ...

Damit will man seine Nervenstärke prüfen. Der Auftrag ist nicht echt. Man schickt ihn einfach zu anderen Agenten des gleichen Geheimdiensts, die sich von den Fähigkeiten unseres Kunden überzeugen sollen ...

Und Graphopulos ist bestürzt! So hat er sich Spionage nicht vorgestellt! Er hat sich in Luxushotels, im Gespräch mit Botschaftern, als Gast an den kleinen Fürstenhöfen Europas gesehen ...

Er wagt nicht abzulehnen. Aber er bittet die Polizei, ihn zu überwachen. Dann unterrichtet er seinen Chef, daß man ihn beschatte ...

›Ein Inspektor ist mir ständig auf den Fersen! Ich nehme an, daß ich unter diesen Umständen nicht nach Lüttich muß ...‹

›Fahren Sie trotzdem hin!‹

Und nun verliert er den Kopf! Er versucht, sich der von ihm selbst verlangten Überwachung zu entziehen. Er bucht einen Flug nach London, nimmt eine Fahrkarte nach Berlin, steigt an der Gare des Guillemins in Lüttich aus ...

Das ›Gai-Moulin‹ ... Da soll er seinen Auftrag erledigen ... Er weiß nicht, daß der Patron zum selben Verein gehört, daß er eingeweiht ist, daß es sich bloß um einen Probeeinsatz handelt und daß sich zu allem Überfluß nicht *ein* Dokument in dem Lokal befindet, das man stehlen könnte.

Eine Tänzerin setzt sich an seinen Tisch ... Er lädt sie für den Rest der Nacht in sein Zimmer ein, denn er ist vor allem ein Lebemann. Wie so oft steigert auch hier die Gefahr die Sinnlichkeit ... Und dann ist er wenigstens nicht allein! ... Als Vorschuß überläßt er ihr sein Zigarettenetui, das sie bewundert.

Er beobachtet die Leute. Er weiß sich nicht zu helfen. Oder vielmehr, er weiß nur eines: Daß er es fertigbringen muß, sich in dem Lokal einschließen zu lassen und die Dokumente zu suchen, die man von ihm verlangt ...

Génaro, der eingeweiht ist, beobachtet ihn amüsiert. Victor, der dazugehört, ist übertrieben ehrbietig und süffisant, als er den bestellten Champagner serviert.

Jemand hat zufällig die Adresse erlauscht, die er Adèle genannt hat:

›Hôtel Moderne‹, Zimmer 18 ...

Und jetzt müssen wir uns einer anderen Geschichte zuwenden.«

Maigret sah Monsieur Delfosse an, ihn allein.

»Ich nehme an, Sie entschuldigen, daß ich auf Sie zu sprechen komme. Sie sind reich. Sie haben eine Frau, einen Sohn und ein paar Mätressen. Sie leben auf großem Fuß, ohne zu ahnen, daß der Junge, kränklich, übernervös, versucht, es Ihnen in seinem beschränkten Kreis gleichzutun.

Er sieht, wie rings um ihn Geld mit vollen Händen ausgegeben wird. Sie geben ihm welches, zuviel und gleichzeitig zu wenig.

Seit Jahren bestiehlt er Sie und überdies auch seinen Onkel!

In Ihrer Abwesenheit fährt er in Ihrem Auto herum. Er hat Mätressen wie Sie. Kurz, er ist im wahrsten Sinn ein mißratener Sohn aus reichem Haus.

Nein, protestieren Sie bloß nicht ... Warten Sie ...

Er braucht einen Freund, einen Vertrauten ... Er bringt Chabot auf die gleiche Bahn ... Eines Tages stecken sie in der Klemme ... Sie haben überall Schulden ... Und sie beschließen, die Kasse des ›Gai-Moulin‹ zu plündern ...

Es ist der Abend, an dem Graphopulos da ist ... Delfosse und Chabot verstecken sich auf der Kellertreppe, während man annimmt, sie seien gegangen ... Weiß Génaro Bescheid? ... Es spielt keine Rolle, aber ich bezweifle es!

Was ihn angeht, so ist er der Typ des guten Geheimagenten. Er führt ein Nachtlokal. Er besitzt einen Gewerbeschein, wie er vorhin angab. Er hat Unteragenten, die für ihn arbeiten! Er fühlt sich umso sicherer, als er der Polizei als Spitzel dient ...

Und er weiß, daß Graphopulos sich im Lokal verstecken wird. Er schließt die Türen, geht mit Victor fort. Am nächsten Tag wird er lediglich einen Bericht an seine Chefs aufsetzen und ihnen mitteilen müssen, wie der Grieche seine Sache gemacht hat ...

Sie sehen, das alles ist ziemlich kompliziert ... Man könnte jene Nacht als Nacht der Übertölpelten bezeichnen.

Graphopulos hat sich mit Champagner Mut angetrunken. Nun ist er allein in der Dunkelheit des geschloßenen Nachtlokals ... Er braucht nur noch die Dokumente zu suchen, die man von ihm verlangt ...

Doch er hat noch keinen Schritt getan, als sich eine Tür öffnet. Ein Streichholz zischt.

Er ist erschreckt ... War er nicht schon vorher verängstigt? ... Er hat nicht den Mut, anzugreifen ... Er spielt lieber den toten Mann ...

Und dann sieht er seine Gegner ... Zwei Burschen, die noch erschrockener sind als er und die Flucht ergreifen! ...«

Niemand rührt sich. Alles scheint den Atem anzuhalten. Die Gesichter sind angespannt, während Maigret gleichmütig fortfährt:

»Graphopulos, wieder allein, stöbert beharrlich nach den Dokumenten, die seine neuen Chefs von ihm angefordert haben ... Chabot und Delfosse schlingen verstört ihre Muscheln und Pommes frites hinunter, um sich dann zu trennen ...

Aber eine Erinnerung verfolgt Delfosse ... *›Hôtel Moderne‹, Zimmer 18* ... Diese Worte hat er genau vernommen. Und der Fremde schien reich zu sein ... Er seinerseits hatte eine gerade krankhafte Gier nach Geld ... Nachts in ein Hotel einzudringen, ist ein Kinderspiel ... Der Zimmerschlüssel würde sicherlich am Brett hängen ... Und da Graphopulos tot ist! Da er sein Zimmer nie mehr betreten wird! ...

Er geht hin. Der verschlafene Portier denkt nicht daran, ihm Fragen zu stellen. Er gelangt nach oben, durchsucht das Gepäck des Fremden ...

Schritte im Gang ... Die Tür geht auf ...

Und Graphopulos tritt ein! ... Graphopulos, der tot sein müßte! ...

Delfosse ist derart verängstigt, daß er ohne zu überlegen in der Dunkelheit mit aller Kraft zuschlägt, mit seinem Stock, dem Rohrstock mit goldenem Knauf seines Vaters, den er an diesem Abend mitgenommen hat, wie schon oft ... Er ist geradezu von Sinnen, fast unzurechnungsfähig ... Er nimmt die Brieftasche ... Er flieht ...

Draußen vielleicht, unter einer Gaslaterne, prüft er den Inhalt ... Er sieht, daß er da etliche Zehntausende von Franc hat und verfällt auf den Gedanken, mit Adèle wegzufahren, die er schon lange begehrt.

Ein Leben auf großem Fuß, im Ausland ... Ein Leben auf großem Fuß mit einer Frau! ... Wie ein richtiger Mann! ... Wie sein Vater! ...

Aber Adèle schläft ... Adèle will nicht wegfahren ... Er versteckt die Brieftasche bei ihr, weil er Angst hat. Er ahnt nicht im mindesten, daß genau an der gleichen Stelle Génaro und Victor seit Monaten, vermutlich seit Jahren, die Dokumente ihres Spionagerings in Sicherheit bringen ...

Denn sie gehört dazu! Sie gehören alle dazu!

Delfosse hat nur die belgischen Scheine bei sich behalten, ungefähr zweitausend Franc, die er in der Brieftasche gefunden hat ... Der Rest, das heißt das französische Geld, ist zu kompromittierend!

Am nächsten Tag liest er die Zeitungen ... Das Opfer, *sein* Opfer, ist nicht im Hotel, sondern im Zoo entdeckt worden.

Er versteht gar nichts mehr. Er ist wie im Fieber, läuft zu Chabot, überredet ihn, mitzukommen. Angeblich bestiehlt er seinen Onkel, um die zweitausend Franc zu erklären, die er bei sich hat ...

Er muß das Geld loswerden ... Er beauftragt Chabot damit ... Er ist feige, schlimmer als feige, er ist ein geradezu pathologischer Fall. Im Grunde verübelt er seinem Freund, daß er sich nicht mitschuldig gemacht hat ... Er möchte ihn kompromittieren, ohne indessen zu wagen, konkret etwas zu unternehmen.

Hat er es ihm nicht schon seit jeher verübelt? ... Ein Neid, ein Haß, ziemlich komplex ... Chabot ist redlich, war es zumindest ... Und ihn quälen vielerlei zweifelhafte Gelüste ... So läßt sich diese seltsame Freundschaft erklären, ebenso Delfosses Bedürfnis, ständig von seinem Freund begleitet zu sein.

Er läßt ihn nicht in Ruhe zu Hause ... Er kann nicht allein bleiben ... Und er verwickelt den anderen in seine Unredlichkeiten, seine kleinen Diebereien in der Familie, mit denen sich die Justiz nicht befaßt ...

Chabot kommt von der Toilette nicht zurück ... Chabot ist verhaftet ... Delfosse sucht ihn nicht ... Er trinkt ... Und er braucht jemand, der mit ihm trinkt ... Eines gibt es, das er nicht ertragen kann: Einsamkeit ... Betrunken geht er mit der Tänzerin in ihre Wohnung, schläft dort ein ... Im Morgengrauen fällt ihm voller Entsetzen seine Lage wieder ein ... Zweifellos sieht er den auf der Straße postierten Inspektor ...

Er traut sich nicht, an Graphopulos' Geld zu rühren, das auf der Garderobe liegt ... Es sind bloß noch französische Scheine übrig, die allzu leicht identifizierbar sind ... Also bestiehlt er eben seine Gefährtin ...

Was er sich erhofft? ... Nichts! ... Und alles, was er

fortan tun wird, geschieht als logische Folge der Gegebenheiten ...

Verschwommen ahnt er, daß er der Justiz nicht entgehen wird ... Andererseits wagt er nicht, sich zu stellen ...

Fragen Sie Kommissar Delvigne, wo die Polizei einen Missetäter dieser Sorte zuerst sucht – und in neun von zehn Fällen findet!

In den verrufenen Lokalen ... Er braucht etwas zu trinken, Betrieb, Frauen ... Er geht irgendwo hinein, beim Bahnhof ... Er will mit der Serviererin nach oben ... Weil es damit nichts ist, holt er sich ein Strichmädchen von der Straße ... Er zahlt Runden ... Er zeigt seine Geldscheine, verteilt sie ... Er rast ...

Als man ihn festnimmt, lügt er, krankhaft! Er lügt ohne Hoffnung! Er lügt, um zu lügen, wie es manche verdorbenen Kinder tun!

Er ist bereit, jede beliebige Geschichte zu erzählen, sie mit Einzelheiten auszuschmücken ... Auch das ein Charakterzug, der zu seiner Beurteilung genügt ...

Aber man sagt ihm, der Mörder sei gefaßt ... Das bin ich! Man läßt ihn frei ... Kurz darauf erfährt er, daß der Mörder sich umgebracht hat, nachdem er ein Geständnis abgelegt hat ...

Ahnt er die Falle? ... Nicht bestimmt ... Jedenfalls drängt ihn etwas, die Beweise seiner Schuld zu beseitigen ... Deshalb habe ich diese Komödie aufgeführt, die kindisch erscheinen mochte ...

Es gab zwei Mittel, Delfosse zu einem Geständnis zu bringen: entweder das, das ich angewendet habe, oder jenes, ihn allein zu lassen, stundenlang allein im Dunkeln, was er ebenso fürchtet wie die Einsamkeit ...

Er hätte zu zittern angefangen ... Er hätte alles gestanden, was man von ihm hätte hören wollen, sogar noch mehr als die Wahrheit ...

Meinerseits bin ich seiner Schuld gewiß, seit sich herausgestellt hat, daß die zweitausend Franc nicht in dem Schokoladengeschäft gestohlen worden sind ... Seither hat mich all sein Tun und Treiben in meiner Meinung bestärkt ...

Ein banaler Fall trotz allem, der ihn psychopathisch und komplex erscheinen läßt.

Doch etwas blieb mir noch zu klären: der andere Fall, der Fall Graphopulos ... Dementsprechend blieben noch andere Schuldige ...

Die Meldung vom Tod des Mörders, meines Todes, hat sie alle aus ihren Schlupfwinkeln gelockt ...

Delfosse kommt wegen der kompromittierenden Brieftasche ...

Victor kommt wegen ...«

Maigret ließ langsam seinen Blick die Runde machen.

»Adèle, wie lange benützt Génaro schon Ihre Wohnung als Versteck für seine gefährlichen Papiere?«

Sie zuckt gleichgültig die Achseln: eine Frau, die seit langem auf eine Katastrophe gefaßt ist.

»Seit Jahren! Er hat mich aus Paris kommen lassen, wo ich am Verhungern war ...«

»Sind Sie zu einem Geständnis bereit, Génaro?«

»Ich rede nur im Beisein meines Anwalts.«

»Sie auch? ... Genauso wie Victor? ...«

Monsieur Delfosse sagte nichts, saß mit gesenktem Kopf da, den Blick auf seinen Rohrstock geheftet, jenen Stock, der Graphopulos getötet hatte.

»Mein Sohn kann nichts dafür ...«, murmelte er plötzlich.

»Ich weiß!«

Der andere sah ihn an, verwirrt und verlegen zugleich:

»Wer hat Ihnen das gesagt?«

»Betrachten Sie doch mal sich und ihn im Spiegel!«

Das war's! Drei Monate später saß Maigret zu Hause, in Paris, am Boulevard Richard-Lenoir, und sah die Post durch, die die Concierge gerade heraufgebracht hatte.

»Interessante Briefe dabei?« erkundigte sich Madame Maigret, während sie einen Läufer am Fenster ausschüttelte.

»Eine Karte von deiner Schwester, die mitteilt, daß sie schwanger ist.«

»Schon wieder!«

»Ein Brief aus Belgien ...«

»Was steht drin?«

»Nichts Interessantes. Ein Freund, Kommissar Delvigne, der mir ein Päckchen mit einer Pfeife schickt und von einigen Gerichtsurteilen berichtet ...«

Er las halblaut:

... Génaro zu fünf Jahren Zuchthaus, Victor zu drei Jahren und Adèle mangels Beweisen freigesprochen ...

»Was sind das für Leute?« wollte Madame Maigret wissen, die sich auch als Frau eines Kommissars der Pariser Kriminalpolizei die ganze Arglosigkeit eines Mädchens vom Lande bewahrt hatte.

»Uninteressante! Leute, die ein Nachtlokal in Lüttich führten, ein Lokal, in dem es keine Gäste gab, wo aber rege Spionage betrieben wurde ...«

»Und diese Adèle?«

»Die Tänzerin des Hauses ... Wie alle Tänzerinnen ...«

»Hast du sie kennengelernt?«

Plötzlich klang Eifersucht in Madame Maigrets Stimme mit.

»Ich bin bei ihr gewesen, einmal!«

»Sieh da!«

»Jetzt redest du wie Kommissar Delvigne in Person. Ich bin bei ihr gewesen, aber in Begleitung von mehr als einem halben Dutzend anderer Leute.«

»Ist sie hübsch?«

»Nicht übel. Gewisse Jungen waren verrückt nach ihr.«

»Nur Jungen?«

Maigret öffnete einen weiteren Umschlag mit belgischer Marke.

»Ah, da ist gerade die Fotografie eines der Jungen«, sagte er.

Und er reichte ihr das Bild eines Burschen, dessen schmale Schultern in der Uniform noch schmaler wirkten. Der Schornstein eines Überseedampfers bildete den Hintergrund.

... und ich erlaube mir, Ihnen die Fotografie meines Sohnes zu schicken, der Antwerpen diese Woche an Bord der ›Elisabethville‹ verließ, mit Kurs auf Kongo. Ich hoffe, daß das harte Leben in den Kolonien ...

»Wer ist das?«

»Einer von Adèles jungen Verehrern!«

»Hat er etwas angestellt?«

»Er hat Portwein in einem Nachtlokal getrunken, das er besser nie betreten hätte.«

»War er ihr Liebhaber?«

»Nie im Leben! Allerhöchstens hat er mal zugeguckt, wie sie sich anzog ...«

Daraufhin stellte Madame Maigret fest:

»Die Männer sind doch alle gleich!«

Unter dem Briefstapel steckte eine schwarzumrandete Traueranzeige, die Maigret nicht vorzeigte:

Heute verschied in der Klinik Sainte-Rosalie in seinem achtzehnten Lebensjahr unser Sohn René-Joseph-Arthur Delfosse, versehen mit den Sakramenten ...

Die Klinik Sainte-Rosalie in Lüttich ist eine Anstalt, die reiche Nervenkranke aufnimmt.

Am Fuß der Anzeige drei Worte:

Betet für ihn.

Und Maigret stellte sich Monsieur Delfosse vor, den Vater, mit seiner Frau, seiner Fabrik, seinen Mätressen.

Und dann Graphopulos, der den Spion hatte spielen wollen, weil er nichts zu tun hatte und sich davon großartige, geheimnisvolle Vorstellungen machte, wie sie in Romanen geschildert werden.

Acht Tage später lächelte ihm in einer Bar in Montmartre eine Frau zu, die vor einem leeren Glas saß, das die Direktion des Etablissements der Form halber auf den Tisch stellen ließ.

Es war Adèle.

»Ich schwöre Ihnen, daß ich praktisch keine Ahnung hatte, was sie da eigentlich ausheckten ... Aber man muß schließlich leben, nicht wahr? ...«

Und natürlich war sie bereit, wiederum etwas auszuhecken!

»Ich habe ein Foto von dem Jungen bekommen ... Sie wissen schon ... Der, der irgendwo angestellt war ...«

Und aus ihrer puderbestäubten Handtasche zog sie ein Bild, dasselbe, das Maigret bekommen hatte! Ein hochaufgeschossener Bursche, noch nicht ausgewachsen, den die Uniform noch magerer erscheinen ließ und der eine forsche Miene aufsetzte unter dem Tropenhelm, den er trug!

Ein dritter Abzug wurde wohl in der Rue de la Loi den Mietern des Hauses vorgezeigt, der polnischen Studentin und Monsieur Bogdanowski.

»Er sieht schon aus wie ein Mann, nicht wahr? ... Wenn er nur nicht irgendein Fieber erwischt! ...«

Und im ›Gai-Moulin‹ waren andere Burschen und ein anderer Patron!